北 杜夫

マンボウ最後の名推理

実業之日本社

実業之日本社文庫

マンボウ最後の名推理／目次

マンボウ最後の名推理

にっぽん丸殺人事件

二万三千トンの豪華なクルーズ船にっぽん丸は、七月の中旬東京湾を出港し、北海道を経てサハリン、北方四島へと向うことになった。

出港した夕食のとき、頭のおかしなことで知られる北杜夫氏は、品のよい老人と十四、五歳の少年と同席した。

「あなたはかなりのお齢《とし》でしょうに、お元気そうですな」

と、北杜夫氏は言った。

老人はにこやかに答えた。

「はい、私は来年で九十五歳になります。少し心臓が悪いですから、最後の船旅と思いましてな」

「いやいや、現代の医学は進歩していますから大丈夫です。お顔のつやから拝見して、百二十歳くらいまで生きられることでしょう。こちらの可愛《かわい》い坊やはお孫さんですか？」

「いえ、親類の子で。でも孫同然に可愛がっております。まだ船というものを知りませんので連れてきたわけです」

「そうですか。坊や、このおじさんは飛行機、車、三輪車、とにかく乗物は苦手だが、船には強いですぞ。なにしろ総計で一年半以上もいろんな船に乗っているが、一度だって吐いたことがない。ぜんぜん酔いもしない。その一隻は、たった六百トンの船ですぞ。もし船酔いしたら、おじさんに相談しなさい。すぐ治してあげるから」

と、北杜夫氏は威張った。

「いや、今は低気圧は来ていませんし、おそらく平穏な海でしょう。それに失礼ながら、あなたは有名なヤブ医者に顔が似ておられる。その医者は千人の患者を診ると、一人くらいを治せるが、あとは全部かえって病気を悪くしてしまうと、昔週刊誌か何かで読んだことがあります。それで医師免許を剝奪されて、その後は下手糞《へたくそ》な小説を書いておるとな。確か北とかいう名じゃった。あなたはひょっとすると、その北さんじゃありませんか？」

「とんでもない」

と、北杜夫氏はヘドモドと言った。

「私は南と申します。医者になどなったことはない。躁鬱《そううつ》病という大精神病患者ですぞ。ぼくがマニーになったら兇暴性を発揮します。この船なんぞは、たちまちシージャックしてみせますぞ」

「それはなかなか面白そうですな」

と、老人はあくまでもにこやかに答えた。

「わしは旅が好きですじゃ。シージャックされた船で果してどこへ行くかが愉《たの》しみです。なにせわしの最後の旅でしょうからな」

北杜夫氏は、この老人がただ人でないことを直感した。

それで彼にしてはおとなしく食事を始めたが、フィリッピン人のウェイターは実に親切であった。北杜夫氏は、なんとも下手糞な英語で愛想を言ったりした。

しかし、彼は煙草好きである。それどころかチェーン・スモーカーであった。灰皿がないので、ちょうどやってきた日本人オフィサーに、

「ここは禁煙席ですか？　なにしろぼくは長いこと煙草を吸わんと、ますます気

が変になるんです。席を移ってもよいですか」

と、問うた。

すると、ダイニング・ルームは全席が禁煙だと教えられた。

それを聞くと、たちまち北杜夫氏の眼光が変った。まさしく気狂いらしき兇悪な輝きである。彼は言った。

「それは世界の大勢でしょうから、まあ仕方がない。しかし、食後の一服くらいは許されるべきだと思います」

だが、温厚そうなオフィサーは言った。

「申し訳ございませんが、それは食堂を出たあとにして頂く規則です。そこは喫煙席ですから」

「ああ、そう」

と、北杜夫氏は呟《つぶや》いた。

「いずれ本船は、ぼくが吸う煙草の煙だらけになるでしょう。船火事と間違って、メイ・デイ、メイ・デイなんて無線を打たんほうが賢明でしょうな」

しかし、来年は九十五歳になるという老人は、おだやかにこの頭の異常な男をさとすように言った。

「煙草はアルコールより体に悪い。せっかくの船旅ですから、南さん、もう少しお飲みになったらリラックスできますよ」

北杜夫氏は頷《うなず》いた。それからウェイターに、赤ワインを多量に欲しいと言い、それをガブガブ飲むと、少し機嫌を直して笑顔になった。

「酒と女。やはり地上で最高のものはこの二つでしょうな」

と彼は言った。北杜夫氏は清純作家であるから、女などは知らない。そこでわざと強がりを言ったのである。

「もっともぼくも齢をとって、下半身がぜんぜん駄目になった。ですから、後者は今回は遠慮しましょう。ところで御老体、あなたは日本人としては実に知的なお方だ。ごらんなさい。この船の乗客はみんな日本人だ。日本人が少し酒を飲むと、あんなふうに野蛮に声高にしゃべる。そのくせ外国人の中にいるとシュンとしてしまう。たとえ外国人が失礼なことをしても、逆にあやまったりする。未《いま》だに外国人、外国コンプレックスが抜けないのはなげかわしいですな。ぼくはそういうとき、サン・オブ・ア・ビッチ、シット、ドロップ・デッド、ドゥンメルカール、ドンネルス・ヴェッターなんて罵倒語《ばとうご》は使いません。バカと言うと通じてしまうが、ブレイモノ！　と叫ぶと、相手はその気迫に押されてスゴスゴと退散するですぞ」

老人はおだやかに頷いた。

「おっしゃるとおりです。日本人は金持になったが、国際人としてまだまだ井の中の蛙《かわず》です。ゆとりとユーモアがない。その点、南さんは立派なお方と思われます」

北杜夫氏はそのお世辞によってますます機嫌をよくしたが、なにせ一日に七、八十本もの煙草を吸う人間である。

食後のコーヒーが出る頃には、ニコチンの禁断症状により、またもやその目は妖《あや》しく血ばしり、その白髪は逆立つようになってしまった。

北杜夫氏はコーヒーを半分飲むと、

「失礼、私も齢をとって、ときどきオシッコを洩《も》らすことがあります。ではまた明日」

と言い捨てて、あたふたと席を立った。

食堂を出て灰皿のある席へ座ると、一遍に三本の煙草をくわえて火をつけた。あまつさえ、耳の穴にさえ彼は煙草を突っこんだのである。

数本の煙草を吸い終ると、北杜夫氏はようやく一見正常人らしい落着きを取り戻して、こう呟いた。

「そうだ、もうじきカジノが開くはずだ。おれはこれまで、株ではアッパレ破算もしたし、世界の十カ所くらいのカジノでもスッてばかりいた。もう金がないから競馬にちょっぴり賭《か》けだしたが、これまた赤字だ。ギャンブルでこれほど損をしてきた人間は、世界じゅうでも稀《まれ》だろう。今度くらいはツキがきてもよさそうなものじゃないか」

そして、小さなルーレットとブラックジャックのあるカジノに行ってみると、まだそこは開いておらず、階下のホールで歌手が歌を唄《うた》っていた。北杜夫氏は大音痴であるから、歌なんか聞いても少しも心は和やかにならなかった。

「あの歌は何であるか？　タンゴやらブルースやらワルツやら、それともロックなのかおれにはちっとも分からん。あの歌手め、早く喉《のど》がつぶれてくたばってくれないかなあ」

それでも、三十分ほどで音楽はやっと終った。しかし、それまで辛抱していた北杜夫氏の眼光がまた妖しくなったのは確かなことである。

彼はつかつかとルーレット台の前に進みでた。

クルージングの船は、乗客を愉しませるためにいろいろな催しがある。ルーレットのディーラーは、日本人女性であった。

彼女たちは優しく親切で、当った客にむかって、一々、

「おめでとうございました」

と、丁寧に挨拶したりした。

だが、先ほどからかなり頭がおかしくなっていた北杜夫氏は、こう独語した。

「チェッ、このディーラーのチップスの数え方は、まるで素人だ。このおれはプロのディーラーに挑戦しないと面白くない。かつてラスベガスで、クラップスで初めて大勝ちしていたおれに、他の客たちが相乗りしてきたものだった。こんな優しい女性が相手じゃ、ちっともコーフンしないなあ」

船室には、千円分のまがいの札がカジノ用として置かれてあった。しかし、北

杜夫氏は、

「おれはドストエフスキィなみのギャンブラーだ。そんなはした金で遊んで何が面白い」

と、胸の中で呟いて、更に三万円を渡してチップスに代えて貰《もら》った。実を言えば、それは彼が持参した財布の中身の半分だったのである。

豪華船にっぽん丸の乗客は、むろんのこと会社の社長など金持が多い。北杜夫氏だけが、たった六万円しか持たずに船に乗りこみ、これからの十日間のバーの酒代に困らぬよう、ルーレットに挑んだのである。しかも、悪く行ってもその金を五倍くらいに増やそうという妄想を抱いて。

ところが、彼がディーラーが素人だからつまらぬと独語した案に相違して、北杜夫氏は三十分間にして、チップスすべてを失ってしまったのだ。

親切な女性ディーラーは、

「お客さま、残念でしたね」

と、丁寧に愛想を言ってくれたのだが、北杜夫氏の目つき、白髪の逆立ち方は、これは誰が見たって正常人とは言えなかった。

優しい女性ディーラーも、ひそかに同僚を呼んで、

「あのお客さん、少しクレージーだと思わないこと？　船医さんに相談してみましょうか」

と、ささやきかわしたほどであった。

北杜夫氏はモモンガアのようなしわがれた声で、

「お嬢さん、今夜は確かにぼくは負けた。しかし、明日、明後日、エトセトラというものがあるですぞ。本船が日本に帰りつくまでに、ぼくはこの船を必ずや破算させてみせますぞ」

と言い捨てて、荒々しく席を立った。

それから彼は、何とか気を静めようとしてバーへ行った。そこのフィリッピン人のバーテンはジョークも解し、彼がこの船のクルーになって以来、初めて接した異様な日本人をあしらってやったので、狂人と紙一重であった北杜夫氏もまた少し機嫌を直した。

それから、もう一つの深夜用のバーに行ってみると、そこではまた日本人歌手

が歌を唄っていた。

なにせ北杜夫氏は音楽がまるで分からない。そのため、なけなしの財布を胸に浮べながら、

「あの女、一体何時まで唄いつづけるんだろう？　うるさくってかなわん。ひょっとすると、客が去るまで永久に唄うのかもしれんぞ」

と、またもや容態が悪化しだした。

すると隣に、いつの間にか夕食を共にした老人がきていて、

「南さん、この船はやはり年寄り夫婦が多いようですね。たまに若い美しい女性を見かけるが、訊《き》いてみるとみんな船が雇ったエンターティナーたちなんです」

と、なだめるように言った。

そう教えられてみると、その歌手は若くてなかなかの美女であった。

しかし、北杜夫氏の精神状態は尋常ではなくなっていたので、吐き捨てるようにこう言った。

「御老体、あなたはお齢の割には顔色もよくお元気そうです。それにいくらかスケベな人相をなさっておられる。しかし、ぼくはもう肉体的にはあなたより老人

です。頭の閃《ひらめ》きだけは世界に冠たるものと思っていますが。あんなにいつまでも悪魔のように唄いつづけるあの歌手は、いかにもタフそうだ。万一、ぼくが彼女とベッドを共になんかしたら、たちまち腹上死をとげるでしょうな」

そして、彼はジン・トニックの残りを飲み干すと、兇悪な顔をして自室に戻ったのである。

かくして、ただでさえ頭のおかしな北杜夫氏は、一つには煙草の禁断症状、二つにはカジノでのあっさりとした敗北、三つ目には若い女とはもうベッドを共にできないという自己嫌悪、これらの相乗作用により、世界の精神医学の教科書にも記されるべき正真正銘の気狂いの思考をなすに至ったのもやむを得なかったと言わねばならない。

東京湾を出航して三日目、にっぽん丸は北海道の小樽を経て、いよいよサハリンに到着する予定になっていた。

その前夜、北杜夫氏はまたバーで一杯飲んでいた。カジノではその後も負けつづけで、もはやバーで一杯やるしか金がなかった。

窓から暗い夜の海を眺め、北杜夫氏は珍しく感傷的になっていた。半月が雲に隠れ、その雲がしらじらと微妙な色合を呈していた。

「やはり、海というものは良い。それは千様に変化する。おれの心のように」

と、北杜夫氏は三文作家らしき文句を胸の中で呟いた。

それから、自室に戻ろうとして、若い頃の航海の追憶に浸ろうとデッキに出てみた。深夜のこととて、むろん人影もない。

潮風が北杜夫氏の白髪を撫《な》で、その醜い顔に冷気を与えてくれた。

彼は潮の香を嗅《か》ぎ、ひややかな夜気に身を浸した。そのまま長いことそうしていたなら、ひょっとしたら彼はいくらか正気に戻ったかも知れない。

ただ、そのとき彼は同じデッキに、なにか黒い人影を見たように思った。だが、目を凝らしてみると、それはつかのまの夢のように消えてしまった。

北杜夫氏はいろんな心労により疲れはてていたので、半ば朦朧《もうろう》と自室に戻り、そのまま倒れるように眠りこんだ。

しかし、不眠症の彼は睡眠剤を飲むのを忘れていた。そのため、翌朝午前四時頃、サハリン時間の六時頃、彼は目覚めてしまった。

窓外は薄明であった。もうサハリンの島影が見えるかも知れぬと思って、彼はふたたびデッキに出てみた。

するとそこに中年の夫人が立っていて、

「あなた、誰かが海に身投げをしたらしいのです。ほら、ここにデッキ・シューズだけが落ちています。それから空《から》のワインのびんが。何より、ずっと離れた場所にこの手紙が落ちていました。表に、はっきりと遺書と書かれているじゃありませんか。あたしはさっき、これらを見つけました。ですが、もう恐ろしくって、身体《からだ》が言うことをきかないんです。あなたからパーサーか船長に、誰かが海に身投げをしたと伝えてくださいませんか」

と、かぼそい震え声で訴えた。

北杜夫氏は甲板の上の、いくらか赤く染まっているデッキ・シューズを見、ワインのびんから流れ出している液体を手ですくってみ、更に夫人が手渡してくれた遺書と表記された手紙を読んだ。

ふだんから異常であり、乗船してから三つの要因が加わって完全に頭がおかしくなっていた北杜夫氏は、震えている夫人にむかってほとんど厳かな声を押しだした。

「奥さん、どうかそれ以上驚ろかないで頂きたい。これはただの投身自殺ではありません。私の卓抜な推理によれば、これはまさしくまぎれもない完全なる殺人事件であります」

デッキの上で脱ぎ捨てられた白いシューズと、倒れているびんと遺書とを見た北杜夫氏は、その面妖な頭の閃きにより、これは単なる投身自殺ではなく、完全な殺人事件だと判断をくだした。

彼が慌てて船員に知らせに走ろうとしたとき、折よくオフィサーの一人がそのデッキに出てきて、笑みを湛《たた》えながら言った。

「お客さん、お早いですな。そら、もう向うにサハリンの島影が見えます。もう一時間と少しで入港することでしょう」

しかし、北杜夫氏はどこからどこまで錯乱していて、声高にこう言った。

「あなた、いやしくもそれでもオフィサーですか。ここで殺人が行われたのですぞ」

「え？」

と、さすがに相手は顔色を変えた。

「殺人ですって？　本当ですか？」

かたわらから、最初にデッキ・シューズと遺書を見つけた夫人が、なお震え声で言った。

「いえ、どなたかが身投げをなさったとあたしは考えたのです。けれども、このお方が、いや、これは殺人事件だとおっしゃるのです」

「身投げにしろ、殺人にしろ、とにかく大変なことです。私から船長に伝えて調べてみましょう。ただ、御乗客の皆さまに不安を与えることがもっともいけないことです。私どもがまたここへ来るまで、お二人ともじっとなさっていてください。他のお客さんが来られても、決して何一つお話しになられてはいけませんよ」

「何が船長だ。何が何一つだ。ふだんなら船長が船では絶対権限を持つ。しかし、いやしくもこれは立派な殺人事件ですぞ！」

と、北杜夫氏はいきりたった。

「これから以後、この事件の調査はぼくが責任をとる。ぼくの頭脳は天才と言ってよい。いや、天才と気狂いは紙一重と言うが、ぼくはそのものズバリですぞ。古今のミステリーも読んでいる。だから、とにかく船長初め主だったクルーを呼んでもいいが、私はこの事件の最高責任者、すべての判断はこの私が決定する。とにかく、船長にまずそのことを伝えてきなさい」

北杜夫氏の常軌を逸した言葉に、オフィサーは度肝を抜かれたようであったが、とにかくにっぽん丸が就航して以来の大変な事故らしいので、あたふたと駆け去って行った。

その後ろ姿を見やりながら、北杜夫氏は不気味に笑った。

「海の男たるものが、あの慌てようは何たるザマだ。高の知れた殺人事件くらいで。もっともおれも、殺人現場を見たのは初めてだ。しかし家ではしょっちゅう女房に殺されかけているから、このように泰然としている。これは面白いことになってきたぞ。そうだ、殺人があったからには、その犯人がいるはずだ。おれの第七感で犯人を引っ捕えてやろう。そうすれば大手柄ということで、うまくすると船賃をロハにしてくれるかも知れん」

そこへ数名の船員がやってきた。先頭に立っているのはやはり船長であった。意外にも、彼はあまり狼狽《ろうばい》した気配を示していなかった。船長はおだやかな声で質問した。

「あなたですか、殺人が行われたとおっしゃられた方は？」

「そのとおり」

と、北杜夫氏は憤然として言った。

「ここにおられる御夫人は投身自殺だと言われたが、私の推理によれば、立派な殺人事件だということは明々白々です」

「何を証拠に？」

「ご覧なさい。このデッキ・シューズは乱れて、片方は横になっている。私は遺書なるものも読みました。それには、もはや将来に希望がないから海に身を投げる、不肖なる私めをお許しください、と書かれてありました。遺書だけでは一見投身自殺のように思われるでしょうが、そのように覚悟をして海に身を投げる者は、当然きちんと靴を並べておくものです。靴一つを見ても……」

「しかし、昨夜はかなり風が吹きましたから、このような軽いデッキ・シューズの位置が変っても別に不思議はないでしょう」

北杜夫氏はグッとつまったようであったが、なお語気を荒げて、

「おっと、手を触れてはいけません。この私ほどの名探偵が本船にいるはずはありませんからね。ここにワインのびんが転がっている。赤ワインですね。このように白靴が一部赤く染っている。頭の悪い者なら、この客がワインを飲み過ぎて酔っぱらって海に落ちたと考えることもありましょう。酔っぱらいはふざけて遺書くらい書きかねませんからね。しかし、この靴、この甲板に流れている赤色の液体は、確かに赤ワインではあるが、ごくちょびっと血液がまじっているのですよ。私は指の感触で、ちゃんとそれが分かりました。なにせ私はあらゆることについてガクがある。明らかに何者かが、犠牲者を兇器で撲《なぐ》って気絶させてから海に投げこんだのでしょう。ワインや遺書は、投身自殺と見せかけるための犯人の芝居です。船長にお願いする。この私を、この殺人事件の最高責任者に任命して頂きたい。必ずや見事に犯人を逮捕してみせますから」

船長は困ったような、あきれはてたような複雑な表情をした。

「そう言われましても、船長は海法で……」

「お黙りなさい。もっとテキパキと事を処理せぬと、この重大事件も迷宮入りになってしまうかも知れませんぞ。そこのオフィサー、大至急医務室へ行って、何か消毒した容器を持ってきて頂きたい。シャーレでも試験管でもいい。それからピペットも。この血液の含まれた液体を調べたいですからな。それからルーペも必要だ。おっと、皆さん、デッキの手摺《てすり》、甲板その他に一切手を触れてはなりません。私がまず指紋を調べますからな。それから他の一人は、大至急船客名簿を調べて、誰が船内から消えているかを調査して頂きたい。なあに、もうじきサハリンでしょう。朝食に現われぬ者が気の毒な犠牲者です」

 北杜夫氏があまりにも厳然と、妖しく目を光らせながら命ずるので、さすがに船長も仕方がないといった表情で、オフィサーたちに無言で頷いてみせた。

やがて硝子《ガラス》の容器とルーペが届けられた。

北杜夫氏は赤い液体を慎重にピペットで容器に入れ、

「これを船医さんに顕微鏡で調べて貰って頂きたい。必ず血液が含まれているはずだ。もちろん血液型も調べさせるのです」

それから、ルーペで靴、甲板上のあちこち、手摺などをものものしく覗《のぞ》いてまわった。

船長がそのとき言った。

「もうじき入港ですから、私たちはブリッジへ行かねばなりません。しかし、あなた、たいそう熱心に調べられていますが、これまでの航海でこのデッキには沢山の乗客が来られたことでしょう。中には運動として腕立て伏せをやられる方もおられます。まして手摺などはみんなが触るでしょう。そんなところには無数に指紋が残っているはずです。無駄な努力だと思われますが」

北杜夫氏は明らかにまたグッとつまったようであったが、気を取直して更に語気を強め、

「私は主としてこのデッキ・シューズを調べているのです。おそらく犯人が脱がせたものでしょうからな。また探偵には、頭の探偵と足の探偵の二種がある。私はその双方をやってのける能力があるですぞ。犯人はまた現場に戻るという諺《ことわざ》もありますからな」

しかし、彼がいくらか動揺したことは否めなかった。

やがて朝食となった。北杜夫氏は一人のオフィサーを呼び、

「誰か本船から消えた人間は分かりましたか？」

と、さすがにひそやかな声で尋ねた。

オフィサーはこれも声を低めて、

「はい、山田様というお方です。乗客の中で最高のお齢で、九十四歳と記してありました」

「何だって？」

と、北杜夫氏は驚ろいたように呟いた。

「その方なら、最初の夕食の席を同じくなさった人です。大至急、その方の自宅へ電話をして、急病になったから血液型を調べるよう伝えてください。それから、もう船医は、あの赤い液体を検査されたでしょうな」

「どうもせっかちなお方ですね。今日のサハリンのオプショナル・ツアーには申しこまれましたか？」

「一応。今のロシアは確かに気の毒だ。しかし歴史的に言っても、サハリンは樺《から》太《ふと》と呼んで貰いたいですな。北方四島は明らかに日本の領土でした」

「ははあ。しかし、せっかくツアーに申しこまれていらっしゃるなら、ぜひ樺太観光をなさると宜《よろ》しいと思われますが」

「なんだかこの私に、頭を冷やせと言わんばかりですな。だが、観光なんぞより歴《れっ》とした殺人事件の方がより重要だ。船医からまだ液体の検査報告もないのですか？　そのようにモタモタしていては、肝心の犯人が逃走してしまうかも知れんですぞ」

「ツアーは午《ひる》過ぎからです。お客様がそれほどまでに御熱心でしたら、直接に医務室へ行かれて、ドクターにお尋ねになったらいかがでしょうか」

北杜夫氏はコーヒーを飲み残して、言われるままに医務室へ直行した。

船医はしゃれた白い制服を着た優しそうな老年の医者であった。北杜夫氏は若い頃、マグロ調査船に船医として乗ったことがあったが、そのたった六百トンの船では制服なんかくれなかったから、寒いときにはトックリ首のセーター、暑い場所ではパンツ一枚のみっともない姿で診察をしたものである。

彼はその老船医の恰好《かっこ》よさに、さすがに丁寧な口調で言った。

「先生、先ほど船員が赤い液体を届けたはずですが、もう調べて頂けましたか？」

「ああ、あれですか。実は船長が急がなくてもよいと言われたので、これから顕微鏡で見ようとしていたところです」

「何たるノロマな船長だ。先生、何を隠そう殺人が行われたのですぞ」

「そのように言われたお客さんがおられたようですね」

「先生までそんなにのんびりなさっていては困ります。早くお調べになってください。もちろん血液《ブルート》が含まれているはずですから」

船医はおもむろに赤い液体をプレパラートに塗り、北杜夫氏が見たこともないような立派な顕微鏡で覗き始めた。

「先生、どうです？　白血球か赤血球が……」

「お待ちください。えーと、こちらの方を……。やはり、血液らしきものはまったく見当りませんな。これは単なる赤ワインです」

「そんなはずはない。私の推理によれば……」

「それほど疑われるのなら、御自分で覗いてごらんなさい。そもそも血液というものは……」

「先生、私はあらゆることにガクがあります。血液並びに顕微鏡についてもですな。……あれ、こういう高級顕微鏡は、どうやって使うのかな？　少しボケてきて度忘れしてしまったぞ」

「大丈夫、ドクターとしての名誉にかけて、血は一滴たりとも見当りませんでしたよ」

船医はそうにこやかに言い、北杜夫氏もさすがに照れ笑いをせざるを得なかった。

しかし、医務室を出ると、彼の異常なる頭脳は次のような文句を胸の中で唱えさせた。

「この犯人は、おれが考えていたよりもっともっと知能犯らしいぞ。衝動的な殺人ではなく、綿密に計画した完全犯罪の臭《にお》いがする。その方がかえってよい。このおれの名探偵としての腕前が十二分に発揮されるであろうからな」

それから北杜夫氏は、またもや先ほどのオフィサーを見つけだして性急に尋ねた。

「その山田さんという行方不明者のお宅とはもう連絡がついたでしょうな」

「いや、それが」

と、相手は困惑したように答えた。

「確かに乗客名簿には御住所、御電話番号は記されてあります。だが、いくら電話をしても、この電話は現在使われておりません、という交換手の声しか返ってこないのです」

北杜夫氏は厳然と頷いて言った。

「有名な実業家、その他知名人は往々にして自宅を隠し電話にしていることも多い。しかし、ふだんの場合とは事情が違う。これは兇悪なる殺人事件なのですぞ。直《す》ぐに警視庁、自衛隊、総理大臣などに電話をして、その山田なる人物がいかなる職業の人であるかを調べて頂きたい。私の直感では、かなりの大物だと判断しましたからな。これは並の殺人事件ではない。政治がらみの大変な犯罪の臭いがしますからな」

「総理大臣と言われましても……」

と、オフィサーは口ごもった。

「とにかく、本船の全力、全機能をあげてと言っとるのです。場合によっては、今後のにっぽん丸の乗客が半減するかも知れないのですぞ。商船三井だって、つぶれてしまうかも知れん」

北杜夫氏は、善良なるオフィサーをおびやかすように言ってから、

「そうだ、思いだした。その山田なる老人は親類の十四、五歳の少年を連れていたっけ。丸顔の、可愛らしい少年です。彼はまだ船内に残っているでしょう。まずその少年を捜しだすのが第一歩です。そうすれば、その老人の正体も判明することでしょう」

「はい、承知致しました」

北杜夫氏はその声を聞き流して、自分は船内をくまなくサーチし始めた。大半の乗客はオプショナル・ツアーに加わるため船室で準備しているようであったが、それでも開いているバー、娯楽室、図書室などを歩きまわった。

「犯人はまだ船内にいて、どこかに身をひそめているに違いない。船のほうではもちろんこの事件を隠しているが、犯人自身はおそらく罪深さから、心理的にも恐怖の念に駆られて、船内のあちこちをさ迷っているのではあるまいか。おれの精神医学、心理学、ミステリー学に照らしても、そうに違いあるまい」

図書室では、北杜夫氏はぶ厚い本を開いて、読むふりをしながら、誰か怪しい人物が入ってこないかと、十分間ばかりも辛抱していた。

すると、彼の第七感の閃きどおり、中年の派手な色シャツを着た男が図書室へ入ってき、北杜夫氏の視線を感ずると、ついと目をそらして慌てたふうに室外へと消えた。

「今の男はいかにも怪しい。態度がアタフタとしていた」

北杜夫氏はその男のあとを追って図書室から出たが、犯人らしき男の姿はどこへ消えたか、ついに見出《みいだ》すことができなかった。

北杜夫氏は、みっともないことに蛙《かえる》のように這《は》いつくばって、ソファーの下、更にピアノの下まで覗きこんで捜したのだが、やはりさっきの男の姿は、どこに潜んだのか見出すことができなかった。

「やはりあいつが犯人らしい。もうじき樺太ツアーが始まるというのに、図書室なんかに入ってきたのだからな。よおし、こうなったら、冷蔵庫から氷置場から洗濯場から隅から隅まで捜しまくってやるからな」

北杜夫氏がそのように気色ばんでいたとき、先ほどのオフィサーがやってきて、被害者である老人の連れである少年が見つかったと告げた。

「そのお子さんは山田様なる御老人と同室でした。御老人が行方不明であることはまだ知らせてございません」

「よし、私がその少年に会ってみよう。彼の船室へ案内してくれ」

と、北杜夫氏は、まるで警視総監のごとき態度でそう命じた。


犠牲者の連れである少年が見つかったというので、北杜夫氏は勢いこんでその船室へと急いだ。オフィサーの一人が案内してくれた。

ノックをすると、最初の晩に会ったあの可愛らしい少年が顔を覗かせた。

「坊や、実に重要なことなんだ。部屋へ入ってもいいかい？」

「どうぞ」

と、少年は答えた。

北杜夫氏はオフィサーに、

「彼とは私だけで秘密の話をしたい。あなたは帰って頂きたい」

と、さながら司令長官のように言い、船室に入りこむと、

「坊や、この部屋には君一人かい？」

と、わざと優しげな声を出した。

「ええ」

「君は確かお爺《じい》さんと一緒だったね。あのお爺さんを最後に見たのは何時頃だったね」

「そうねえ」

と、少年はちょっと考えていたが、

「昨夜はここに寝てたけど、朝、ぼくが目を覚ましたときにはいなかった。朝食のとき、捜したけど見つからなかった」

「君はお爺さんが好きだった？」

「もちろん。それに尊敬していました」

「そうだろうねえ。本当に立派な人だった。だけど君、驚ろいてはいけないよ。君には気の毒だが、お爺さんは行方不明になっちゃったんだよ」

少年はどういう訳か、少しも驚ろきの表情を見せなかった。そればかりか、ニッコリ笑いさえした。

「お爺さんは悪戯《いたずら》者なんだよ。しょっちゅう雲隠れしちまう。そのうち、どこからか出てきて、バアって言うんだよ」

北杜夫氏は、さすがに少年が気の毒になった。けれども、生れて初めて出会った殺人事件である。心を鬼にしてでも犯人を逮捕せねばならぬと彼は妄想していた。

「坊や、君はしっかり者かい？」

「うん、お爺さんはよく、お前は頼りになると言っていたよ」

「それじゃあ、思いきって打ち明けるが、お爺さんはもうこの世にいないかも知れないのだよ。ガッカリして、気を失わないでくれ給え」

ところが、そんな重大な事なのに、少年の表情は少しも曇りはしなかった。

「大丈夫だよ、おじさん。お爺さんは、これまでにかなり危険な目に遭ったけど、いつもちゃんと生きていたよ」

「君は動転してしまったのだろう。じゃあ、ズバリと言うが、お爺さんは何者かに殺されてしまった。このぼくがちゃんとそう推理をした。この船には大した知能を持った人間はいない。それに比べて、ぼくは古今のミステリーを読んでいるから、シャーロック・ホームズに劣らぬ名探偵なんだ。ぼくはあのお爺さんが好きだった。だからぜひとも犯人を見つけだして逮捕したい。それには君の協力が必要なのだ」

しかし、少年はあくまでも平然としていた。

「ぼくもミステリーは好きなの。それで、白状しちゃうと、おじさんの言動をちゃんと見ちゃった」

北杜夫氏は愕然《がくぜん》とした。

「ぼくの言動って、どういうことだね」

「おじさんがデッキで、靴やらワインの空びんをルーペで見ていたところ。でも、指紋というものは、ちゃんとアルミニウム粉まつをふりかけなくちゃ分かるものじゃないよ。ルーペでいくら覗いたって、何も見えるはずはないよ」

「それはだね」

と、北杜夫氏はヘドモドと言った。

「一般人類に当てはまることだ。このおじさんの眼力《がんりき》というものは凄《すご》い。ルーペでちゃんと指紋だって見えるのだ」

「それで、何か分かったの？」

と、少年はからかうように言った。

「いや、今のところはまだだ。だが、おじさんは名探偵だ。いずれ……」

「でも、赤い液体を医務室で調べても、血液なんか検出されなかったでしょう？」

「え、君は一体、何時《いっ》そこまで調べたのだ？」

「だって、ぼくも探偵志望だもん。まだ子供だけど、おじさんくらいの能力はあるよ」

「ちょっと君、待ちたまえ。君の無礼な言葉は子供だから特に許してやろう。だけど君、君のお爺さんが本当に殺されたのだよ。少しは真面目《まじめ》になり給え」

「だっておじさん、お爺さんが死んだかどうかはまだ分からないもん。おじさんの言う推理だけでしょ？」

「口のへらん子だなあ。だが、遺書は犯人の偽造だとしても、お爺さんが船から消えちまったのは厳たる事実だ。君はこれをどう考えるのかね？」

「そうねえ、あんがいサハリンに上陸しているかも知れないよ」

「馬鹿を言え。窓外を見給え。あれはコルサコフの港だ。まだツアーの上陸許可は降りておらん。ごらん、ああして制服を着たロシア人がタラップの下で見張っているだろう。船の乗員ならともかく、船客が上陸なんかできるものか」

「でもおじさん、ぼくのお爺さんは、おじさんよりよっぽど知能指数が高いんだよ。高の知れたミステリーを読んだくらいのおじさんの想像もよらぬ行動ができる人なんだよ」

「黙り給え、坊や。おじさんがせっかく心配して全知能を傾けているのに、いくら子供だと言っても、君の言葉は許しがたい。もう君には頼まん。ぼくが自力で犯人を捜し出してやる。ただ一つ、君のお爺さんはどういう商売をしていたか教えてくれ」

「それは……ちょっとむずかしいなあ。だってお爺さんは、その時によっていろんな商売にもつけるんだ。一つだけ教えてあげるよ。その一つは私立探偵だよ」

「なんだって？　探偵だって？　探偵たる者が殺されて、探偵でないぼくがその殺人者を見つけようとしているわけか。こりゃあ小説よりも奇妙な話だわい」

「でも、おじさんは名探偵だって言ったでしょ？」

「そのとおり。いずれはおじさんが君のお爺さんの仇《かたき》を討ってやる。そうだなあ、もう少し推理を加えれば、遺書には人生に絶望したと書いてあった。だが、最初の晩にお会いしたお爺さんは実に幸せそうだった。だから、あの遺書は犯人の偽造したものだ。そうだ！　あの遺書の筆跡が手がかりになる。さっそく乗客全部のパスポートのサインを調べてみよう。似ている筆跡の者が犯人なのだ！　どうだ、坊や、この見事な推理は？」

「そんな考え、小学生にだってできるよ。おじさん、そう昂奮《こうふん》しないで。無理だと思うんだがなあ。お爺さんはきっと無事だよ。ぼくはこれまで幾回となくこんなことを体験してきたんだ。おじさんは、ゆっくりサハリン・ツアーを愉しんでいらっしゃい。そうしたほうが、きっと頭ももっと機能するようになると思うよ」

「口だけ達者な子だな。おじさんがこれだけ必死になっていると言うのに。だが、まあいい。樺太も少し見学しておくか」

とどのつまり、北杜夫氏はやがて行われるツアーに参加することに決めた。子供に言い負かされたというより、三文作家としていくらかの見聞をしたかったたからである。何よりも、いくら考えてもそれ以上犯人を割りだす推理力がなくなってしまったからだ。

ツアー客の乗ったバスでは、ロシア人のガイドが下手糞な日本語で説明をした。しかし、しょせんはおしきせの観光コースである。北杜夫氏は半分居眠りをしていた。なにせ彼は、暁方からずっと異常なる昂奮状態を呈してきたので、もはや疲れはててしまっていたのだ。

彼は夢うつつの中でこう考えた。

「こう眠くっては、知能抜群なおれも、あの生意気な小僧以上の推理も働かん。船に戻ってから、更《あら》めて考え直すとしよう。それにしても船長は、この殺人事件をもう警察に知らせたかしらん。とにかくみんな間の抜けた、かつてのソビエトの官僚のごとく悠長な奴《やつ》らばかりだなあ」

観光バスは、古びた戦車だの大砲が並べてある場所へ寄った。次に博物館へ寄ったところ、いくらかの昆虫標本が並んでいた。北杜夫氏は虫マニアでもある。そして、昔『怪盗ジバコ』というエンターテインメントを書いたことがあった。そこで、泥棒になって虫の幾匹かを盗もうと考えたが、ハッと今は泥棒ではなく探偵になっていたことに気づき、辛うじて思いとどまった。

バスは百貨店へ寄った。今はルーブルはごく安くなっているし、観光客の来るそこでは物価がごく安い。しかし北杜夫氏は、ずっとカジノでスリつづけていたので、財布にはもう千円しか残っていなかった。せっかくキャビアを見つけたのに、千円ではそれを買うわけにいかなかった。

北杜夫氏は歯軋《はぎし》りして船へ戻った。そしておいしい和食を食べ、ワイン代は船賃に含まれていたから、好きな赤ワインを五杯も飲んでいると、大食堂に遅れて入ってきた少年が同じ席に座った。気の毒な犠牲者である老人の連れであった可愛らしい少年である。

北杜夫氏は憤然として言った。

「坊や、君はどのオプショナル・ツアーに加わったの?」

「いいえ、おじさん。ぼく、ちょっと用があったから、船に残っていたの」

「君はノンキだねえ。お爺さんはやはりどこからも現われなかったろう?　もちろん、おじさんが頭を閃かせて推理したとおり、殺されたんだ。それを君は蛙の面に水といった顔をしている。ひょっとすると白痴かも知れん」

「いや、白痴なのはおじさんのほうだよ。でも、今は白痴なんて言ってはいけないんだ。差別用語になるからね」

「小癪《こしゃく》な小僧だなあ。じゃ、ドストエフスキィの『白痴』を『重症の精神薄弱者』なんて訳したらどうなるんだ。差別用語の規制があまり極端になると日本文学の衰退につながる。どうだ、おじさんは何についてもガクがあるだろう」

「じゃ、ガクのあるおじさん。おじさんの推理はその後どうなったの?」

「ううん、それがどういう訳か、ふだんの百倍も頭が働かないんだ。よし、こうなったら足の探偵となって、船内をくまなくサーチしてやるぞ。もっとも考えられる場所はすでに捜しまわったな。そうだ、わずかに残っているのは女性用トイレと、大風呂だ。あの大風呂の一つは泡立っていて実に気持がいい。犯人は狡智《こうち》に長けた奴だ。仮りに男だとしても、女に変装して女風呂に入っているかも知れん。坊や、このおじさんはね、何でも電光石火に考え、そして実行する。じゃ、これから女性の大浴場へ行ってこよう」

「よしなよ、おじさん。そんなことしたら痴漢と間違えられるよ」

「痴漢どころの騒ぎじゃない。なにしろ殺人事件なんだからな。君はどうしてそんなにノンビリしているんだ。おじさんはまたイライラしてきたぞ」

「人間はね、のんびりしていたほうが良い思考も浮ぶんだよ。そら、席にマジシャンがやってきた。魔術でも見て気分を晴らしたほうが利口だと思うよ」

「まったく口のへらん小僧だなあ」

しかし、さすがに女風呂をサーチするのはいくらか気がとがめたと見え、北杜夫氏はコーヒーを飲みながら、そのマジックを見ることにした。

そのマジシャンは若い青年であったが、なかなかの腕前を持っていた。初め、客に引かせたトランプをわざと間違えて出し、そのカードをビリビリに引裂いたかと思うと、次の瞬間には、そのカードはちゃんと元通りになっていた。また客の夫人から指輪を借り、それを紙で包んで蠟燭《ろうそく》の火で燃やしたと見えたが、やがて彼が取出した厳重に鍵がかけられた財布の中に、ちゃんとその指輪があったのである。

北杜夫氏はさすがに感心もしたが、またもやむらむらと変てこりんな思考に辿《たど》りついた。

「待てよ、このマジシャンはかなりの芸達者だ。そして犯人は器用に殺人をやってのけた。このマジシャンが犯人ではなかろうか。彼は好男子だ。船客の中、或《ある》いはエンターティナーの中には若い綺麗《きれい》な女の子もいる。ひょっとすると、彼女らをたぶらかしてその船室にひそんでいたのかも知れんぞ」

思い立つと、即座に言動に移すのが悪性躁病患者の特徴でもある。北杜夫氏はそのマジシャンにむかってヅケヅケと言った。

「君、隠しても無駄だ。きりきりと白状せい。君はどんな女と毎晩寝ているのだ？」

少年が横からなだめた。

「おじさん、やめてよ。ここには紳士淑女もいらっしゃるのだよ。そんな失礼な質問は、せめて二人だけでやるものだよ」

北杜夫氏はまたもや少年にやりこめられて狂気をたたえた目を白黒させたが、

「よし、魔術師よ、ここはこの少年の言うなりにしてやる。しかし、君がいかなるマジックを使おうとも、おれの目からは逃れられんからな。そろそろ牢屋の中にどんな本を持ちこむかを考えておくがよい。もっとも殺人犯は一切の持込みは禁じられるかも知れん。とにかく、君が自由でいられるのも今夜ぐらいと思っていたまえ」

若いマジシャンは、変てこな客があまりにも異様なことを述べたてるので、さすがに困惑したらしく、愛想笑いを残してその場を去った。

少年が言った。

「おじさん、事件は今夜で解決すると思うよ」

「一体どんなふうに解決するんだ？」

「おじさんはカジノで遊んで、それから、ネプチューン・バーというところへ行って一杯飲んでれば、おのずから分かると思うよ」

「坊や、実はおじさんはもう千円しかお金がないんだ。もしまたカジノでスッてしまったら、バーで飲む金もない」

「大丈夫、ぼくがついて行ってあげるから」

北杜夫氏は「ほんとに生意気な小僧だ」と思ったが、今は物乞いのような身分なので、少年の言うなりにすることにした。

カジノは夜の九時半からである。北杜夫氏がルーレット台に寄ろうとすると、少年が言った。

「おじさん、今夜はブラックジャックがいいと思うよ。ぼくが教えてあげるから」

北杜夫氏はまた怒りだしそうになったが、なにせ金がないから少年にまかせることにした。

北杜夫氏のカードは十六になった。一方、親の女性ディーラーは替札を持っている。

「君、もう一枚」

すると、少年がそれをとどめた。

「そこでステイ。おじさん、きっと親がつぶれるから」

そして、そのとおりになった。親はもう一枚を引き、十五となったが、他の客もそれより強い手を持っていたので、もう一枚を引いて二十三となり敗退した。

それからも北杜夫氏は、少年の入知恵で五回勝ちつづけ、五千円を儲《もう》けた。少年が言った。

「おじさん、そこらでやめて。もっとやると、あなたは必ず負けるから」

「なにを！　おれは今夜はツイているのだぞ」

と、北杜夫氏はいきり立ったが、それまで彼が珍しく勝てたのは少年の入知恵であったので、無理に心を静めて、ネプチューン・バーへ行くことにした。

そこには感じのよいフィリッピン人のバーテンがいて、いつもにこやかに客をもてなしてくれる。

「ぼくはジン・トニック。坊やはまさか酒を飲まんだろうね」

「うん、ぼくにはオレンジ・ジュース」

そうやって、頭の悪い大人と頭の切れそうな少年とは、とりあえず乾杯することにした。

「おじさん、窓から見て。港の灯がきれいでしょう？」

「うん、そうだな。ところで、一体何時になったら事件が解決すると君は思うんだね？」

「もう解決したよ、そら」

北杜夫氏が少年の視線に合せてそちらに目を移すと、薄暗い照明の中に一人の老人が入ってくるのが見えた。しかも、近くに寄り、更に二人の席に着いたその顔は、まぎれもなくあの行方不明者、北杜夫氏が殺されたと信じこんでいた老人ではなかったか。

北杜夫氏は驚愕《きょうがく》して言った。

「あなたは……あなたは生きていらしたのですか?」

老人はにこやかに言った。

「どうもあなたをお騒がせさせて申し訳ありませんでした。実は私はこういう者でして」

差出された名刺を見ると、

「私立探偵　明智小五郎」

と、記されている。

「あなたが……あの有名な名探偵ですか。いや、名探偵という者はなかなか死なないとは知っておりましたが、あなたがまだ生きていらっしゃるとは……。そう、来年は九十五歳とおっしゃいましたね」

と、さすがに北杜夫氏は丁寧な口調で言った。

「いや、私はまだもっと若いのです」

と、明智小五郎がつるりと顔を撫《な》でると、たちまち中年の精気溢《あふ》れる男に変じていた。明智は笑いながら言った。

「こちらが、ずっと私の助手をやってくれている小林少年です」

「や、小林少年か。道理で私より頭が良いと思っていた。だが、明智さん、一体どういう訳で船から消えられたのです?」

「大きな声では言えませんが」

と、明智はささやくように言った。

「今、ロシアの北方四島の返還が問題になっています。ロシアは経済困難ですから、おそらく不凍港を有するエトロフ島を除いて、返してくれると日本は思っているが、国家というものはすべてエゴイズムです。これには長い長い時間がかかる。むろん反対分子も多いです。中でも元KGBのジャボルスキィという男は非常に危険な男です。今ではドイツに亡命して、ネオ・ナチと手を組んで怪しい運動を進めている。そのジャボルスキィの部下が日本人に変装して、この船に乗っていることが分かった。私は或《あ》る筋から頼まれまして、親日派のロシア人たちと会談することになっていました。だが、そのことを危険分子のジャボルスキィに知られてはならない。そこで、私はわざと身投げのふりをしたのです」

そばから小林少年が悪戯っぽく解説した。

「先生はあらかじめサハリンの親日派ロシア人と連絡をとって、コルサコフ港に入港する前に、ボートでひそかに本船を脱出されたのです。そのことを知らされていたのは船長だけでした。それをあなたが大袈裟《おおげさ》に殺人事件だと一人勝手に騒ぎたてたんです。ぼく、本当におかしくってたまらなかった」

さすがに北杜夫氏は白髪をかいて、照れ笑いをし、

「いやあ、そういうことでしたか。ぼくもかなり頭の切れる男だとは自負していたが、日本一の名探偵明智小五郎と小林少年相手じゃとてもかなわない。これはべつにぼくの恥辱ではないでしょう?」

小林少年が可愛らしく言った。

「でも、かなりみっともなかったことは確かでしたよ。ぼく、大人でこんなに愚かな人間を見たのは生れて初めてだもん」

梅干し殺人事件

東京世田谷に金田鱗触《りんしょく》という、ちょうど七十歳になる老人が住んでいた。彼はその名のとおり、かなりの金持であり、同時に日本歴史始まって以来のケチン坊であった。

金があるのは、遠い祖先はいざ知らず、明治の初期に生れた彼の祖父が、成上り者ながら金や土地を残したからである。

祖父の直勘兵衛《ちょくかんべえ》は株で財を成した。これまたその名のごとく直感が優れた男で、日露戦争のときは、武器などを造る会社の株を買って大儲《おおもう》けした。しかも、昭和初期の大恐慌の起る直前に、すべての株を売りはらうほどの驚嘆すべきカンを有していた。

直勘兵衛は一人の息子しか残さず、その翌年に死んだ。つまり、この小説の主人公金田鱗触の父親である。その名を渇吉《がっきち》と言った。

渇吉は、直勘兵衛が死ぬとき、すでに三十七歳の壮年になっていた。この男も父の跡を継いで、もっぱら株をウリカイして暮していた。しかも、その名を表わして、ガツガツと金を貯《た》めた。

彼は満州事変のとき、すべての株が暴騰したので、他の者はカラ売りをしたのに、逆に買いに出た。証券会社の支店長がやってきて——それほどこの客は巨額の金を投資していたからである——今はもう売り時だと忠告したが、渇吉は本職の証券マンをせせら笑った。そして、彼のおもわくどおりになったのである。

どんなに景気のいいときでも、いかなる優良株であれ、上ったり下ったりするものだ。それなのに、こんなことは日本の株式市場で一度しかなかったことだが、株は棒上りに上りつづけた。殊《こと》に、渇吉がどっさりと仕込んだ軍需株はウナギ上りしたのである。

われらの主人公、現代の鱗触も、また株で暮していた。相続税はどっさり取られたが、祖父、父親の残した株、預金、土地家屋は相当のものであった。彼もまた一人息子だったが、その資産は、ざっと評価して五十億円には達していたであろう。なんとも羨《うらや》ましい話である。

祖父の代から金持であって、なぜに子供が一人しか生れなかったかというと、初代株屋の直勘兵衛が家訓を残したからである。その要点をざっと記すと、次のようなものになる。

家訓抄

一、金田の子孫は代々一人しか子を作ってはならぬ。大勢の子供がおれば、その養育費も大変であるし、残された財産も分割しなければならぬゆえ。

一、妻は容貌魁偉《ようぼうかいい》なるとも、必ず資産家の娘を貰《もら》うこと。恋愛結婚はゆめゆめすべからず。興信所、私立探偵をもっとも信用すべし。

一、たとえ金があっても、妾《めかけ》などを囲うことは厳禁なり。手切金というものは莫大《ばくだい》ゆえ。妻でもの足りなければ、三流の娼婦《しょうふ》と遊ぶべし。

一、金田家は、代々ドケチなることを信条とすべし。吝嗇《りんしょく》こそは美徳なり。それゆえにこそ金は溜《たま》り、金は増える。

一、たとえいかなる豪邸に住む身分なりとも、奉公人は一切置かぬこと。たとえ薄給なりとも、塵《ちり》もつもれば大損なり。家事の一切は妻にやらせること。万一、妻が死亡した際は、週に二度ほどお手伝いさんに来て貰えばよし。

一、食事は朝、飯一杯と味噌汁《みそしる》一杯。少量の漬物。午《ひる》、飯二杯と卵一個か二個。卵がけ飯はごく美味なり。醤油《しょうゆ》はごく少量かけること。夕、飯三杯と魚一匹、或《ある》いは肉少々。野菜は季節ものにて安いものを選ぶ。特に喜ばしきことあった日は、食後に安き果物一個二個を食するを許す。夏の暑き日は、カキ氷一杯を食することを特に許す。アイスクリーム、高き菓子などは厳禁なり。

一、いかに金持になりたるも、決して別荘などを持ってはならぬ。自動車も買ってはならぬ。自転車は特に許す。すべからく自転車か電車に乗るべし。

右のごとく恐るべきものであった。株でしこたま儲けたうえに、かくもドケチに徹すれば、金がどっさり残るのは当然である。

この家訓は、二代目渇吉の残したものによると、更にきびしいものとなる。

そして、三代目のわが鱗触は、もっともっとケチに徹していた。

世界史上、飢饉《ききん》や戦争などで餓死した者はどっさりいる。しかし、今は高級住宅地である世田谷で千三百坪の土地にプールつきの豪邸に住んでいる。家訓のとおり、醜女《しこめ》の六十歳の妻が一人。子供は一人もいない。鱗触は祖父、父親よりも更に更にドケチであり、子の養育費が惜しかったから、初めから産児制限をしたのだ。プールがあると言っても、水は一滴だに入れない。この土地家屋は、父親が残してくれたものであったが、渇吉はできるだけ長生きしようと念じて、暑い夏の日にだけプールにたまに水をごく浅く入れ、水泳をした。もっとも齢《とし》とってからは、過労は早死にを招くというので、以後プールには水を入れなかった。

鱗触のドケチぶりは、書くだに身がふるえるほどである。

祖父の残した家訓を父親はもっと厳しくしたが、まだ食事に、ごく少量の卵や野菜や安いイワシ、サンマの類を許していた。

ところが、現在の鱗触の食事たるや、朝一杯の麦飯、午一杯半の麦飯、夕に二杯の麦飯、そしてオカズは梅干しきりであったのである。

このような栄養のない食生活では、早死にをするだろうと世人は考えるだろうが、若い頃は父親くらいに食べたし、老人になればカロリーはさして必要はなく、何よりも超最大に金を残したいと意志することが、自分をより長生きさせるであろうと堅固に信じていたからであった。

ずっと昔は妻には、ちょっぴり卵や野菜や牛乳などを許した。彼女が早死にしては、ロハで身のまわりの世話をする者がなくなってしまうと考えたからだ。ぜんぜん愛していない妻に先立たれて、自分もすでに老境ゆえ、世話をさせる奉公人を雇うなどということは、ゾッとする、身の毛のよだつ、悪の権化《ごんげ》ともいうべき大出費だと思われた。

いくら大金を残しても、彼が死んでしまえば、それを相続するのは男より十年は長生きする妻となろう。しかし、鱗触は妻に金を残そうなどとは毛頭考えていなかった。

広大な土地屋敷に住む身分であるのに、まして他《ほか》にかなりの土地や投資のためのマンションを所有しているくせに、なおかつこのようにケチであるのは、いくらか、いやかなりこの男の頭が、異常を呈していたと称しても過言ではあるまい。

鱗触は、梅干しだけをオカズにし、少量の麦飯を食べていた。

その梅干しも決して高級なものではない。近くのスーパーで売っている、パック入りの毒々しく着色された安梅干しだけである。それは小粒で、二十個入りが百五十円であった。

しかも、読者も思わず吐息をつかれようが、彼は毎食、梅干しを食べていたわけではないのである。

落語に貧乏な男が梅干しを見て涎《よだれ》を流し、その唾液《だえき》で飯を食うという話があるが、鱗触の場合は落語よりももっとひどかった。

朝食には、安梅干しすらも見ない。鱗触の信ずるところによると、人間の目には眼力《がんりき》というものがあり、ジロジロギロギロと梅干しを見つめれば、梅干しがいくらか減ってしまうからであった。

それならばどうするかというと、彼は新聞の折込広告の裏の白いところに、梅干しの絵を描いた。もとより株のことしか知らぬ男であったから、べつに画才があるわけではない。

しかし、鱗触はここ五年間、梅干しの絵を描きつづけてきたので、その梅干しの絵には迫真の力があった。さながら高名な画伯が描いたごとくである。その真に迫った梅干しの絵をじっと眺めていると、やがて彼の口には唾液が流れ、だらだらと涎が流れだす。その唾液で、朝食のたった一杯の麦飯をかきこむのである。

午には本物の安梅干しを一個オカズにする。夕食には、もったいないと思いつつ、梅干しを特別に二個、あまり腹が空《す》いているときには、麦飯を一杯増やして梅干しを三個食べる。梅干しを三個食べるのは、ほぼ一週間おきであるから、パックに入った百五十円の梅干しが無くなるにはおよそ一週間もかかる。かくのごとく兇悪なるドケチ精神を発揮して、鱗触は金を貯めつづけた。

他のことについても実にこまやかである。雨の降る日は、バケツを並べておいてその水を使用する。プールにたまった雨水も汲んできて風呂桶に入れる。かなり水道代の倹約になる。

電気についても同様である。彼は朝早く起きる。これはラジオの株式短波放送を聞くためもあったが、年寄りになったので六時頃には目を覚ましてしまう。夕食は、まだうす明るいうちに食べるから電灯はつけない。風呂に入るときと寝室に入るときだけは、電灯をつけるが、大体が早寝であるから、すぐ暗くして眠ってしまう。妻にもそのように強制している。一台しかない古びたテレビは、12チャンネルの日に三回の株式情報のときだけつける。妻が映画、ニュースなどを見たがっても、絶対に許さない。かくして、金田家の電気代は、あきれるほどの安さなのである。

しかし、いくら血涙をしぼって倹約して大金を残しても、彼自身が死んでしまっては、相続する子もいないから無駄なことだと誰でも思うことだろう。愛してもいない妻に大財産を相続されては、このような男は、死んでも死にきれないにちがいない、と。

だが、鱗触は、固く固くこう信じているのである。自分は死後、おそらく地獄へ行くにちがいあるまい。従順で哀れな生活を強いられている妻には、さすがにごくちょびっとうしろめたい気持を抱いているし、近所づきあいも一切していない。ごく少数の知人がいるが、その子たちの披露宴には出席するものの、一円たりとも金は包まない。このときばかりは、御馳走《ごちそう》も食べ酒も飲み、引出物を貰って引きあげてくる。友人が死んだとて、一切香典は出さない。のみならず、電車代がもったいないと言って、その葬式にすら出ない始末だ。

金田鱗触は、新聞だけは二種とっている。一つはむろん経済新聞。もう一つは、大新聞の中で購読するといちばん貰い物を奮発する奴《やつ》。彼が金をかけるのは新聞代くらいかも知れない。

そして、朝早くから、株式市場が開始されるまで、二種の新聞を丹念に読む。すると、ときどき出版社の授賞式の日時などの報道がある。そのパーティがあるときは、彼は文学なんかぜんぜん無関心なのにノコノコ出かけてゆく。こういうパーティでは、見知らぬ男が入って行ってもまずとがめられることがない。それで彼は、また御馳走と酒をたっぷり飲み食いし、土産物を貰って引きあげてくるのだ。

かような、いかなる神も仏も見放すような男は、死んだらやはり地獄へ行くにちがいないと鱗触も思うのだ。

すべての財産は彼自らが持っていくつもりなのだ。もし重病にかかったり、ボケてきたときには、土地屋敷、すべての株、銀行預金を現金に換えて、胴巻き——おそらくは象がするような大きなものになるであろうが——に入れて持っていくつもりなのだ。

三途《さんず》の川を渡る舟賃は、高が知れているだろう。しかし、地獄だって金次第で、ゆうゆうと愉《たの》しく暮せると彼は妄想しているのだ。閻魔《えんま》大王にしろ賄賂《わいろ》には弱いであろう。それに、ひょっとすると地獄にも、株があるかも知れない。そうすれば大金を投じて株の売買をし、ますます大金持となり、鬼の十人くらいを買収して閻魔大王を暗殺し、自分が地獄の支配者となれることだろう。そうなれば地獄の法律を書き換えて、自分は天国へ行けるのだ。そのように日がな考えていると、鱗触は、もっともっとケチをして大金を貯めねばならぬと、以前にもましてひたすらに念ずるのであった。

だが、以前はよかったが、バブル崩壊の後は、株もみんな三分の一の値になってしまった。さすがの鱗触も、大損をしたと読者は考えることであろう。

ところがドッコイ、この強欲な男は、株の天才であった。祖父、父の血を引き、更に自分自身で、特有のカンを有していたのだ。

先年のダウ最高値のとき、彼はすべての株を売りはらったのである。こんなことが予見できたのは、日本じゅう、いや世界じゅうでも、幾人もいなかったのではあるまいか。

それから株は下げつづけて行ったが、彼はなお、株のウリカイをやめなかった。そんなときにカイを入れたら損をするに決っていると人は思うだろうが、なにせ彼は株だけについては、大天才であったのだ。

鱗触のやり方は、次のようなものである。

ほとんどの機関投資家、大口の個人などは、この下げ相場の中で、信用取引きで先物を売って、儲けている場合もある。

だが、鱗触はペアーズという方法を取った。これは同業種、つまり建設株なら大成建設と清水建設、電気株なら日立と東芝、商業株なら伊藤忠とニチメンというように、片方を買い、片方を同時に売りに出すのである。つまり、日立があまりに下って東芝が高い場合、日立をカイ東芝ウリということになる。下値の株は、上ることが多い。また少し高くなった株は、みんながすかさず売ってくるから下ることが多い。

こうして同一日に、明確に単価差が出たとき、いくらかの業種株の一つをカイ、一つをウリに出す。「両建て」と称し、大口個人投資家の中には、これを実行している者が稀《まれ》ではない。そして差益を取るのである。この方式は、あんがいリスクが少ないものなのだ。

まして鱗触はこと株については、いかなる専門家よりカンが閃《ひらめ》く。一日に十銘柄くらいを両建てして、そのほとんどで見事に当り、誰しもが株に絶望しているときに、前にもまして儲けていたのである。

信用取引きの期日は六カ月だが、彼は、大体一週間おきにこれをやっていた。

株につぎこむ資金は、ざっと二十七億円であった。他に持っている土地やマンションは値下りしてしまったから、あえて売ろうとはせず寝かせておいた。

彼は、三つの証券会社と取引きをしていた。税務署がきびしいから、二つは表、一つは裏にしていたのだが、なにせ大金を頻繁に動かすので、国税局に探知されてしまった。しかし、かなりの税金を払っても、なおかつ彼の資産は増えてゆくのである。現在は、たいていの会社が不況で青息吐息の時代なのに、なんと幸せな男なのであろうか！

しかし、吉運ばかりが続くものではない。人生には、必ず兇運というものがある。

さすがの鱗触も持前のカンが外れ、ペアーズ取引きで大損をしたのであろうか？

いや、いや、事態はもっと悲惨なものであった。

平成四年の夏の一日、彼は午食を済ませ自室に引っこんだ。午後十二時半からの株式放送を聞くためである。

鱗触は、朝九時から午前の立会いの終る十一時まで、更に午後の十二時半から三時までずっとラジオ放送を聞いて、新聞の株式欄に、自分のウリカイに出した株の値を記してゆく習慣であったから、妻も株市場が開いているあいだは、一切その部屋には入らない。

そして、その妻のよし子が、午後の四時頃、もう夫が証券会社とも連絡を済ませたであろうと、なにげなくその部屋のドアをノックしてみた。

その年は異常気象で、七月に入っても、なおうすら寒い日が多かったものだが、七月二十日から急に暑くなり、それも連日三十三度を超す猛暑のため、ウチワだけでは汗がしたたる始末であった。ドケチな鱗触は、クーラーすらもつけなかったからである。父親は晩年にクーラーをつけたが、更にケチなその息子は、そのクーラーすらも売りはらってしまった。

そこで、妻のよし子も、これまでまるで、どんな貧乏人よりもひどい生活を強いられてきたから、扇風機くらいを買ってくれと頼みに行ったのである。なんと金田家には、電気洗濯機さえなかった。夫がもったいないから、お前、昔のように盥《たらい》で洗濯をしろ、そのほうが健康にいいぞと命じたからである。

しかし、水道代、電気代すらも気になって仕方のない吝嗇の夫が、果して扇風機を買うことを許してくれるであろうか？　だが扇風機は安いものなら一万円もしないで買える。これまでのあたしの苦労に免じて、扇風機くらい許してくれるのではあるまいか。それとも、

「うるさい！　そんな無駄使いをしたら、わしは梅干しすらも食えなくなるじゃあないか！」

と怒鳴られるか、よし子は胸を痛めつつ部屋のドアをノックした。

そこは居間兼寝室であった。

土曜日曜を除き、鱗触は株式の立会い開始から終了まで、この部屋のベッドに寝そべりラジオを聞きつづけている。自分の持株の番になると、急いで起き上って、机の上の新聞の株式欄にその値を記入する。

なにせ大金持であるから、ペアーズを実行する日には、いろいろな業種をざっと七つほど選び、その中から二銘柄の下った株を買い、同時に上った株を売りに出す。

それが何万株という単位ではなく、少なくて十万株、ふつうは二、三十万株のウリカイをやらかすのだ。彼がわざわざ会社へまで行って調べた、業績好調で来

期は二倍近くもの増益が見こめる優良株がグンと下った場合には、それこそ百万株ものカイを入れる。そして、ものの見事にそれが当って大きく儲けた日には、さすがに機嫌が良くなり、夕食には特例をもうけて、安梅干しを五つも食べるのだ。ああ、ドケチながら我々の羨望《せんぼう》すべきその日々！

ところがこの日、妻のよし子がドアをノックしてみたが返事がない。声をかけてみても、同様である。

株の立会いはとうに済み、三つの証券会社とも、連絡や報告や次の指示もとうに済んだ時刻であった。

よし子はいぶかって、思いきってドアを開けてみた。

すると大金持のくせに、地球で一番ケチン坊である夫が、ベッドに仰向けに寝そべっている。

「きっと今日は、思いきった大取引きをしたのにちがいないわ。それでさすがにストレスがつもって眠っているのね」

初め、よし子はそう思った。

しかし、そばに寄ってしげしげと眺めやると、どうも様子がおかしい。

夏の暑い日のこととて、おまけに冷房もないため、彼は薄いパジャマ姿で横たわっていた。そばに古びたウチワが投げ捨てられている。かたわらの机の上には、例によって新聞の株式欄のページ、そして黒と赤のボールペンが置かれていた。

そこまでは何時《いつ》ものとおりである。

だが、夫の身体《からだ》が異常にねじれている。常に体力を消耗させぬため、彼はラジオ放送の持株の番がくるまで仰向けにじっと寝ていたものだ。近頃は即座に上場株の値が出る装置もあるのだが、ケチな彼は、そんなものを買おうともしなかった。また証券会社に電話をすることもない。すべて向うからかけてくるように命じている。

そんな夫の体位も不自然なうえに、それに加えて、顔にはもっと不気味な変化が見られた。

片方の目は半眼であった。そして白目をむきだしている。もう一方の目は、カッと見ひらかれ、おどろおどろしく血走っていた。

更に、腕の状態が異様であった。片方の手は首に置かれている。もう一方の手は、大口をあけたその中に、人差指と中指が突っこまれている。

かなり鈍感なよし子も、夫のかような寝姿を見て一驚した。

慌てて半ばはだけたパジャマの上着をはずし、その心臓の辺りに耳をつけてみたが、かすかな鼓動も伝わってこなかった。いや、初めは何かトクトクするような音が聞えたのだ。だが、それは動転した自分の鼓動の高まりだと気がついた。

それから、素人ながら手首の脈をとってみた。もとより彼女の指には、ほんのかすかな動きも感じられなかった。

世界最大にドケチで大嫌いな夫であるが、彼は明らかに死んでいた。幽明境を異にしていたのだ！

よし子は何をどう考え、これから何をすべきかをしばらくの間、思いつかなかった。ひたすらに動転し、あっけにとられ、呆然《ぼうぜん》自失してしまったからである。

それからおよそ十分ほども意識が朦朧《もうろう》としていたが、やっと我を取り戻して、これはやはり医者に電話をすべきだろうと思いついた。夫は明らかに死亡しているし、通夜や葬式などの前に、医師の死亡診断書が必要であると思いついたのである。

幸い、近所に夫がたまに血圧を測って貰ったり、尿や血液の検査をしたりする内科医が、小さな医院を開業していた。彼女も、二、三度は風邪で高熱を発したりしたときに診て貰ったことがある。

そういうかかりつけの医者がいちばん良かろうと、よし子は電話番号を記してある手帳を捜そうとした。しかし、それがどこにあるかは知らなかった。恐るべき吝嗇《りんしょく》の夫は、常々彼女が実家や友人に電話しようとしても、電話代がもったいないからかけるなと怒っていたからである。

だが、その手帳はむろん電話の置いてある食堂にあるものと推察した。夫は株をやっている間は、コードレス電話機を持って寝室にこもっていたが、証券会社以外にも少数の友人くらいはいることであろう。

そう思って、電話機のある台の引出しを調べてみたが、どうしても見つからない。よし子は困惑したが、それならば夫の寝室にあるだろうと引返して、死人のそばで、恐る恐るあちこちを捜したけれど、それでも見つからなかった。

大々ドケチの夫は、自分の留守中か或いは寝室で株式放送を聞いている間に、その妻がどこかに電話をするかも知れぬと考えて、金庫の中へでも仕舞っていたのかも知れない。何十億円という資産を持っているくせに、あまりにもケチに徹しすぎているではないか。電話代くらい、夫がちょっと株をウリカイすれば、その何万倍も儲かっていたらしいではないか。

彼女は狼狽《ろうばい》のあまり、そのとき一〇四番で、その内科医の電話番号を問い合せることすら忘れていた。

何よりよし子を不安にしたのは、夫はすべての預金通帳、株の受け取り証、土地家屋の証書、すべての大切な判子のありかを、これまで一切その妻に秘密にしていたことだ。どことどこの銀行、或いは証券会社と取引きしていたかも知らされていなかった。

むろん、家じゅうをサーチすれば、どこからかそれらは出てくるであろうが、吝嗇の夫が、いかなる場所に隠し金庫を作っているかは分からない。

夫が死んで、子供もいないよし子は、莫大な資産を相続できる身分ではあるが、いざ夫がいないとなると預金通帳などが見つかるまで、少々大げさだが、明日の食事代にも困ると言っても決して過言ではなかった。なぜなら夫の鱗触は、毎日毎日のごくわずかな食事代しか、彼女に渡さなかったからである。電気料金、水道料金などは前述したごとく微々たるものであったし、よし子は近所のスーパーに週に二度ほど買物に行く以外、余分の金を与えられていなかった。何かの用で郊外電車に乗るときは、夫は仔細《しさい》にその理由を尋ね、ようやくのことで頷くと、その駅までの往復切符代を、いかにも惜しそうに渡してくれるのであった。

大資産家の身分となったのに、明日はイワシ一匹食べられぬと、彼女は悲嘆の念にくれた。ああ、地球上では餓死する者もかなりいるとはいえ、その次くらいに自分はみじめな身の上なのではあるまいか？

心は千々に乱れ、生れつき少々鈍感なよし子が、これから何を考え、またいかなる行動をなそうかと、わけが分からなくなったのも当然なことと言えよう。

夫の鱗触には遠縁の者がいたが、むろんのこととうに縁を切っていた。なまじっか親戚づきあいをしておれば、何かあったとき無心を強要されたり、または自分が死んだときに財産争いになると考えたからである。

それならば、よし子の実家に頼るべきではなかろうか？

確かに、その静岡にある実家は、金田家の家訓にあるとおり、昔はかなりの実業家であった。よし子の父親は電気製品を作る会社の社長をしていた。しかし、その父も癌《がん》で亡くなっていた。長男が跡を継いだが、この二代目社長はダメ男で、女遊び、バー通いにうつつをぬかし、会社はかなり前に倒産してしまっていた。他の子供たちもいずれも成功しなかった。母親はまだ健在であったが、気弱な彼女は娘の夫に何らの援助も頼めないでいた。むろん伏し拝んで頼んだとしても、史上最大のケチン坊である鱗触が、一万円、いや千円たりとも貸すはずはあり得ないことであった。

鱗触は結婚してしまうと、妻の父親が、立派にやっていたうちは親類づきあいをしていたが、いざその家が零落してしまうと、もうどこの国の何者かという具合にその家族をあつかった。二代目社長が親の資産で暮している頃は、中元、歳暮などに、かなりの果物を送ってきたものだ。たとえば夏にはメロン一ダース、或いは、ハワイ産のマンゴーの大包みなどを持って金田家を訪れたものだ。それに対し、鱗触のほうは、せいぜいリンゴを三つほどくれてやるだけであった。歳暮に大きな鯛《たい》を送ってきたときには、返礼として、小さなメザシの干物を十匹ほど送ってやった。

そして、いざその家が完全に貧しくなってしまうと、親類づきあいをきっぱりと止《や》めたのは、もちろんのことである。妻の実家にまだ金があったときには、たまに妻に里帰りをさせていたのが、会社が倒産してからは、妻に実家を訪れることを許すことはごく稀になった。むろんのこと、よし子は夫に哀願をした。何も実家を援助してくれとは頼まない。あたしはただ、母や妹弟に会いたいだけなのだと。

しかし、もはやその家が絶望的となり、長男も北海道の子会社の平社員となって、ほそぼそと生活をするようになったここ数年間、その従順な妻に、絶対に里帰りを許さなくなっていたのである。静岡までの往復汽車賃にいくらかかる？　そんな無駄金を溝《どぶ》に捨てるくらいなら、いっそ、おれのほうが首をくくりたいなどと称して。

これが現実の状態であったから、よし子が心底から途方にくれたのも当然のことと言わねばならない。

このようにして、よし子は半ば狂乱状態となって、なお近所の医者に電話しようと手帳を捜してまわったが、一体天にひそんだのか地に隠れたのか、電話番号を記してある手帳を見出すことができなかった。近所とはいえ、その医院には歩いて四十分はかかる。その頃の金田家には自転車一台もなかった。まして、隣近所との交際は夫が厳禁しており、またそれらの家々も、とっくに金田の主人が恐るべきドケチと知っていたから、スーパーに通う道で会っても挨拶一つかわすことがなかった。

つまり、愛してもいない夫に突然に死なれ、実際は大資産を受け継ぐはずのよし子も、まったくの絶望感にそのとき捕われていたのである。とても一〇四番のことを思い出す頭の回転は、不可能であったのだ。

そのときである。だしぬけに、インターフォンのベルが鳴った。

金田家を訪れる人は、最近ではほとんど無いと言ってもよかった。鱗触が証券会社や銀行の人間以外相手にしなかったのである。

もっとも、昨日は、珍しく宅配便が届いた。それは新宿に住む鱗触の中学時代からの親友からで、彼は中学時代、このやがては恐るべきドケチになる友人にも親切にしてくれ、中でもクラスで隣の席だったから、試験のときは大っぴらにカンニングをさせてくれ、おかげで鱗触は落第もせず、中学校を卒業することができたのである。

それゆえ、ほとんどの親戚、友人と縁を切っている鱗触は、彼とだけはごくたまに会食することもあった。なぜなら、高村光太というその友人は、優秀な外科医となっており、十年ほど前に鱗触の大腸に数個のポリープができたとき、それを手際よく切除してくれた。ポリープはたとえ良性のものでも、長くほうっておくと、往々にして癌になる恐れがある。それだもので、さすがの鱗触もこの高村には恩義を感じ、稀に食事を奢《おご》ってやることもあったのだ。もっとも、高村はかなり大きな病院の院長であり、金持であったからこそ、交際を続けていたわけである。それに優秀な外科医と懇意になっておけば、いざというときに助けて貰い、自分はもっともっと長生きをして、最大限の大金持になろうという魂胆は見えすいていたのだが。

高村は親切な男で、中学のクラス会に出て、昔の親友である金田鱗触が極めつきのケチン坊となり、クラス会に出てこないどころか、昔の友人とも一切手を切っていることを聞いていたが、友情が第一とこの男を遠ざけることをしなかった。金田は、一年半に一回、彼の病院に行って検査を受け、その後なおポリープができているかどうか、また他の検査も、近所の内科医よりずっと克明にやってくれるので、鱗触としても、稀に彼に奢ってやるのであった。

高村はべつに金に困らぬし、奢って貰うのは悪いと、旅をしたときなど、地方の名産の魚の干物、果物、外国へ行ったときは、スーベニル・スプーンなどを送ってくれたものだ。

前述したごとく、昨日宅配便が届いたのは高村からのものであり、彼は紀伊半島に旅に行って、名産の極上の紀州の梅干しが、壺に百粒ほど入ったものを送ってくれたのである。よし子はそれを配達人から受取ったし、今朝は夫がその包みを開けてみて、ただの名産の梅干しどころか、宮内庁御用達という由緒を記した紙片が入っているのを見、いつもむっつりしていた夫が、珍しく相好を崩す様子を目撃したのである。

高村が、本来なら軽蔑《けいべつ》すべき昔の友人にそれほど気をくばってくれるのは、何もたまに食事を御馳走《ごちそう》になるからではない。ちょうど鱗触の大腸のポリープの切除がうまく行き、退院と決ったとき、このドケチな男もさすがに喜んで、彼に株のことを教えてやったからでもあった。

初め、昔の友人が株の話をしだしたとき、高村は自分は株なんぞやらないと言ってさえぎったものだ。しかし鱗触は、株というものはうまくやれば必ず儲かる、君のように忙しい身分では、何かの株をウリカイするのはよくないし、第一その閑《ひま》とてないだろう、よし、君には恩を受けたから、これならという株を教えてやると言って、セガを勧めた。この会社は近代ゲーム機械のメーカーで、欧米の売れ行きでは任天堂を凌駕《りょうが》している。最高の優良株で、ほとんど毎年一割無償増資をやっている。セガの株価は高いが、この株は百株から買える。君は余分な金で、セガを五百株でも千株でも買って、ずっと寝かしておけばよい。そうすれば自然に持株が増えていって、君は女遊びでもできるぞと言ったのである。

最低の娼婦さえ買わぬ鱗触が、女遊びなどという文句を口にしたのは、中学時代、高村と金田は仲が良く、よく猥本《わいほん》を交互に貸したり借りたりもしたし、道行く女学生の品定めなどもよくしたからであった。

高村は、金田が株の専門家であることを聞いていたから、昔の親友の手前もあり、思いきってセガを千株買った。当時は、セガはまだ安い値であった。それがみるみる値上りし、のみならず毎年無償がついてくるので、株のことなど知らぬ高村は、初めこそ一抹《いちまつ》の危惧《きぐ》の念を抱いていたが、かなりの儲けとなり、さすがにその株のことを教えてくれた金田を、蔑《ないがし》ろにはできなかったのである。

さて、滅多に人が訪れるはずもない金田家のインターフォンが鳴ったので、それまでもうどうしてよいか分からず錯乱状態にあったよし子も、かえってホッとした。証券会社の者であれ、この際どんな人間であれ現われてくれることは、彼女にとって救いだと言ってよかった。

ところが、インターフォンの受話器からは、こんな声が伝わってきた。

「金田さんですか？　ああ、奥様。実は、私はごく近くに住んでいる者で、ちょっとだけでよいですから、御主人に相談したいことがあるのです。まだ面識はありませんが、べつに妖《あや》しい者じゃありません。ペンネームを北杜夫という小説家ですが、あなたは、私の名をご存知でしょうか？」

よし子は困惑しながら答えた。

「さあ、……あたしは知りませんが……」

「そうですか。それもそうだなあ。ここずっと、おれの人気は落ちているからなあ。……いえ、奥さん、北杜夫といえば、以前はかなりの作家として知られていたものです。もしお疑いになるのなら、警察にでも電話をされれば、私が決してタカリじゃないことを証明してくれると思います」

「それで、……何でしょうか、御用というのは……」

「いや、私はちょびっと株をやっているのです。ところが最近の株の暴落で、三分の一の値になってしまった。私が取引きしている証券会社の社員から、御主人のことを聞いたのです。なんでも御主人は株の大天才だそうですね。ほんの数分で宜《よろ》しいですから……。いえ、もし御不在だったりお忙しかったら、また出直してまいります。私の家から、歩いてたった四分の場所ですから。それに私も齢をとりましてヨボヨボとしか歩けないんです。普通の人なら、二分か一分半で着いてしまうでしょうよ。ですから、ほんのお隣と言ってもよいのです。御主人はいらっしゃいますか?」

「それが……」

と、よし子は一瞬口ごもった。それから、ハッと気づいて、

「いえ、どうぞお入りくださいませ。実はとんでもないことが起りまして、あたしは、一人きりで困っていたところなのです。どうぞお入りになって、あたしを助けてくださいませんか?」

「そうですか。それなら喜んで入らせて頂きます」

そう言って、やがて北杜夫氏は玄関先に現われた。やがて、と書いたのは、それほど金田家は大邸宅で、門から玄関までは距離があったからである。

よし子が出迎えてみると、そのキタモリオとかいう小説家は、白髪だらけのかなり人相の悪い男であった。それに着ている衣類がまたよくない。ヨレヨレの垢《あか》じみた色シャツに、これまたヨレヨレのズボンをはいている。彼の言うように、かなりの作家としてはいかにもむさくるしい姿であった。

しかし、よし子はそのとき藁《わら》にもすがりたい心境になっていた。誰でもよい、その人に頼んで内科の先生に来て貰おう。そう思ったから、丁重にお辞儀をして、

「よくいらっしゃいました。……実は恐ろしいことがだしぬけに起ったので……。いえ、まずどうぞお入りくださいませ」

このようにして、北杜夫氏はぜんぜん関係もないくせに、この豪邸の広い応接間に通されたのである。

「奥さん、どうかしましたか？　お顔の色がひどく悪い」

「いえ……。その訳はすぐに申し上げますが、とにかく暑い日ですから、冷たいものでも何か……」

北杜夫氏は、あつかましく答えた。

「確かに暑いですね。このような立派な応接間を見るのは生れて初めてだ。奥さん、とにかくまずクーラーを全開にしてくださいませんか」

「それが……。実はクーラーが故障しておりまして。とにかく、ウチワと冷たいお飲物をお持ち致しましょう」

「そうですか。冷たい飲物はいいですな。ぼくは汗っかきで、たった四分歩いただけで、ほらこのとおり、顔は汗でビッショリでしょう？　じゃ、お言葉に甘えて、まず氷を入れた麦茶を頂きますか。それから、冷えたビールも悪くはないですな。何かうまいツマミ物と一緒に……」

よし子は、初対面のくせにずうずうしい男だと思ったけれど、今はこんな人間にも頼らねばならない立場にある。それで、

「はい、すぐお持ち致します。ちょっとお待ちになっていてくださいませ。……それからビールのツマミは、只今かっぱえびせんが少しと、チーズがちょっぴりしかございませんが」

「いや、それで結構。その両方とも持ってきて頂きたいですな。ビールは大びん

か、缶ビールなら三個持ってきてください」
吝嗇な夫も、ビールだけは証券会社の支店長などが来たときのために買ってい
た。ちょうど缶ビールが四個あった。よし子はホッとし、
「すぐに持って参ります」
と言って、広い台所――と言っても食物はロクなものがないが――の冷蔵庫か
ら缶ビールを取り出した。
また夫が、麦茶は安くて好きだったので、これも用意されていた。
北杜夫氏は、よし子が盆に乗せて持ってきた氷入りの麦茶を一息で飲み干し、
それから出されたタオルで顔の汗をふき、ついで缶ビールを開け始めた。
「この銘柄は何だろう? ラクダか? ぼくはラクダビールがいちばん好きです
ぞ。娘はオンドリーに勧めているが、オンドリーのビールは飲めたものじゃない。
オンドリーはビール合戦に負けたもので、以前は残業すると夜食に中華料理でも
何でも取れたのが、今じゃカップ麺一つだそうです。娘に他のカップ麺も盗んで
こさせて、それでぼくは朝、午とそれで済ましているのですぞ。これだけは、オ
ンドリーに感謝せにゃならん。……うん、うまい、さすがラクダだ。ラクダ、万

オ！　奥さん、もう一缶か、二缶持ってきてください」

よし子は夫の異常さには慣れていたものの、この男もかなりの異常者ではなかろうかと内心でそう思った。

しかし、今は大切な客である。すぐに彼女は、残りの缶ビールをみんな取りに行った。

北杜夫氏は満面に喜色を表わし、

「や、これはこれは。見も知らずの私に奥さんは優しいですな。ぼくは奥さんが好きになった。女房は、いつもぼくを迫害しとるのですぞ。それに比べたら、奥さんはだんぜん優しくて親切だ。じゃ、それを祝してビールで乾杯しましょう」

「いえ、あたしはアルコールは駄目ですの」

そう返事をしてから、彼女は思いきって、大口あけてロハのビールを飲みこんでいる北杜夫氏に、こう話しだした。

「実は……御面識もないあなた様にこんなことをお頼みするのは、まことに失礼かと存じますが……。ちょっとあたしは用事がありますので、もしあなた様にお時間がございましたら、梅ヶ丘駅の先の田中内科という医院の先生を、お呼びしてきてくださいませんか。いえ、場所はこの紙に書きます。ただその先生に、この家に電話なさるようお頼みになってくだされば、大変に助かりますのですけれど……」

「いや、ぼくは何時も閑《ひま》です。閑で閑で、閑人コンクールというようなものがあれば、ぼくはアッパレ優勝するでしょうな。……もちろん、その内科医院へ行っていいです。だが奥さん、それより電話をなさったほうが手っとり早いのじゃないですか？　ぼくにしたって、この暑さの中を梅ヶ丘の先まで歩くのは、かなりの難儀ですからな」

「それが、……実は電話番号帳を無くしてしまったもので……」

「そうですか。いや、結構。ぼくは気前のいい男ですから、ビールの御礼として行って参りましょう。……しかし、もう一缶ビールを飲みたいし、それより御主人と数分でよいからお話をしたい。今、お留守なのですか？」

「いえ……。留守ではございません」

「奥さん、何か悩み事がおありのようですな。ぼくは人の顔色と声で、そんなことはすぐ察しがつく。なにしろぼくは小説家でカンは抜群だし、おまけに昔は医者もやっていた。精神科、神経科ですぞ。当然心理学にもくわしい。威張るわけじゃあないが、ぼくは患者さんの顔を一目見ただけで、もう診断がついたものでした。……もっとも、誤診率は八十パーセントだったが」

と、北杜夫氏は、最後の文句はごく小さな声で言った。そのほかは、どこのお殿様かと疑うほどの大声の命令口調で話していたのだったが。

よし子は、しばらくの間、おし黙っていた。しかし、あれこれ考えてみても、夫の突然の死亡は歴然とした事実である。ごく近所の人となれば、やがては葬式などにやってくるかも知れない。

彼女は、どもりどもりこう言った。

「あなた様がお医者さんでいらっしゃったと聞いて、実はあたしは安心致しました。……ちょっと初めてお会いする方には話しにくいことなのですが、……夫は寝室におります。ですけれど、ここには参れません」

「御病気なのですか？　それで内科の医院へ行《や》けとおっしゃったのですね。大丈夫、このぼくが診察してあげますから。医者を止めて、もうかれこれ三十年になりますが、昔とった杵柄《きねづか》と言うでしょう？　それにぼくはかなりの名医だったものです」

と、北杜夫氏は嘘《うそ》っぱちを言った。

なんとしても、株については証券会社の全員が驚嘆するほどカンが働く金田鱗触とかいう男に、会いたかったからである。そうすれば彼のコーチによって、今はごく貧乏な彼も、あんがい儲けられるかも知れない。

だが、目の前の顔を伏せているその妻は、やはりどもりどもりこう語りだしたのだ。

「あなた様は、いかにも人情の厚い方とお見受け致しました。……こう言っては失礼ですが、あたしの夫よりはマシですが、……白髪だらけでかなりのお皺《しわ》がお顔に拝見できます。きっと人生の経験のお深い方なのでしょうね。それに何よりもお医者様でおられたとは……。偶然のあなた様の御来訪は、あたしにとりまして天の助けと思われてなりません」

「奥さん、そうおっしゃられるくらいなら、愚図愚図せずに、早く御主人を診させてください。ひょっとすると、重病かも知れませんぞ」

よし子は、また一瞬逡巡《しゅんじゅん》した。しかし、とうとう決心して、初めて相手の顔を真直《まっす》ぐに見てこう言った。

「実は……、たったさっき、あたしは主人が亡くなったのを知りました。午食のときは、ピンピンしておりましたのに」

「何?」

さすがに北杜夫氏も、愕然としたようであった。だが、彼もまた異常な男なのである。

「ハッハッハ。いや、ウワァハッハッハア! 奥さんは御冗談がお上手ですね。初対面のぼくを、そんなふうにからかうなんて……」

「とんでもございません」

相手の女性は、真剣な顔つきで切口上で言った。

「どこの誰が、初めてお目にかかるお方をからかったり致しますでしょう? 冗談なぞではございません。……主人は完全に死亡したのです」

「本当ですか?」

と、北杜夫氏は、さすがに真面目な顔つきになった。

「もしそれが本当なら……それこそこのぼくが、御主人を診なければなりません。

ちゃんと医師免許証も持っていますからね。ぼくが診断して、もしまだ生きておれば御主人は生きておられるし、もし死んでおれば、これはやはり完全なる死亡です。どうです、ぼくは名医でしょう？　万一死亡なさっていたときには、ぼくが死亡診断書を書いてやりますぞ。なに、そこらのヤブ医者より、よっぽど安くしておきますから」

「あなた様」

と、よし子は、半ば立上りながらこう言った。

「先ほども申しましたとおり、主人は完全に死んでおります。このあたしが、確認したことなのです」

「なに、素人は、往々にして逆上のあまり誤りを犯すことがあります。さあ、愚図愚図せずに、ぼくを御主人のところに案内してください」

そう言われては、よし子としても、この見知らぬ男を夫の寝室に案内せざるを得なかった。

北杜夫氏は、その広い部屋に入るなり、

「や、ここも冷房を入れてないのか。暑いなあ、こんな猛暑の中で、よくクーラーも入れないでおられるもんだなあ。貧乏人ならともかく、こんな大邸宅だし、それに金田さんは大金持と聞いたばかりなのに」

そんなふうにボヤいていたが、大きなベッドの上の金田鱗触氏の姿を見て、さすがに顔色を変えた。

彼は、まずよし子がやったように、手首の脈と心臓の鼓動を、耳をじかにつけて調べた。

それからこう言った。

「これは一見、死んだように見えます。しかし、ぼくくらいの名医にして大作家となると、そこら近所の医者どもにはできぬ広大なガクがある。エドガー・アラン・ポーの作品に、『早まった埋葬』という短編がある。つまりある種の患者などは完全に死亡したように見えて、墓に埋められてからまた甦《よみがえ》ったという実例がある。……御主人はそういうことを医者から言われませんでしたか？」

「いいえ」

「では、睡眠薬とか、その他、持病で何か薬を飲んでいましたか？」

「いいえ、少しも」

「そうだなあ。……じゃ、血圧が高いとか心臓が悪いとか、何か不安な点がありましたか?」

「その梅ヶ丘の田中医院で、ときどき検査をして貰っておりました。つい十日ほど前の検査では、どこと言って悪いところはないと言われたのです。……ただ十年も前に、大腸にポリープが幾つかできて、そのときは入院して切除したのですが良性のものでした。その外科医院で、今年の四月に検査を受けましたが、どこにも異状は見つかりませんでした」

「……じゃ、御主人は酒、煙草はかなりやられますか?」

「いいえ、少なくとも家では、酒も煙草も一切やりません。それに家を出るのは、月にたった三、四回なのです」

「ふうーん」

と、北杜夫氏は首をひねって、更《あらた》めて金田鱗触の横たわっている姿を眺めやり、考えにふけった様子であった。

一分ほどすると、彼はこう尋ねた。

「奥さん、懐中電灯はありませんか?」

「ございます。小さなものですけれど」

よし子がそれを持ってくると、北杜夫氏は、それで金田氏の目を照らした。彼が医者らしい仕草をしたのは、これが最初のことであった。

「ふーん、瞳孔反応も無しか。すると、これは本当に死んでいるらしいぞ」

それから彼は、鱗触氏の頭を拳《こぶし》で殴ってみたり、足の裏を擽《くすぐ》ってみたりした。

しかし、ベッドに胸をはだけて白目をむきだして仰向けにねじれて寝たままの老人の身体には、何の変化も起らなかった。

ようやくのことで、北杜夫氏は断固とした口調でこう言った。

「奥さん、ご愁傷様ですが、御主人はやはり死亡していると私は断言致します」

「そうでございましょう？　ですから、さっきからあたしがそう申しましたのに……。これからどうしたらよいでしょうか？　死亡診断書はやはり近所の田中先生か、それともポリープを切除してくださった懇意の高村先生にお頼みしたほうがよいと思います。何とおっしゃられても、あなた様は医者を止められて三十年とかと言われたでしょう？」

「そんなことは後でやるべきことです。私としては、まず御主人の死因を確かめるのが先だと、進言致します」

「死因と言われましても……。最近の検査でも何も見つかってはおりませんし……。一体どんな病気だったのか、ここはやはり、現役のお医者様に来て頂くよりしょうがないのではございません？」

「あなたは、何らかの病気によるとお思いのようだが、私の意見はそこらのヤブ医者とは違いますぞ。ひょっとすると、御主人は病死ではなく、これは殺人かも知れないですぞ」

「え、殺人？　しかし、誰もここずっとやってきていませんし」

「奥さん、これは重大なことですぞ」

と、北杜夫氏は、気の毒なよし子を威圧するような口調で言った。

「あなたが、御主人の死体を発見されたのは何時のことですか？」

「午後の四時です。そうはっきり覚えています」

「ふん、今は五時半か？」

北杜夫氏は独言のように呟いたが、

「そして、午食のときにはピンピンしていたとおっしゃられましたね？」

「ええ、どこと言って、具合の悪そうなところは露ほどもございませんでした」

「なるほど、ピンピンしていたと。それで食欲は、どんな様子だったかね？」

北杜夫氏の口調は次第に横柄に、尋問口調になってきた。

「それが大変な食べようでして、ちょうど昨日、お友達から名産の梅干しを頂きまして……」

「何だと、梅干し？」

「主人は健康上の理由と或る信念から、麦飯と梅干ししか食べないのです。もちろん、何か嬉《うれ》しいことがあると、他のものも食べますが」

よし子は、体裁上そう答えた。

「ふうん、何だか知らんが、不可思議な食生活だな。これだけの豪邸に住み、おまけに株の天才で大金持と聞いたが。……梅干しは、そんなに好きだったのかね？」

「はい、梅干しには目がなくて大好物でした」

「それじゃ、それは、よっぽど極上の梅干しじゃなかったのかね？」

「……そうでもございません。主人は質素を旨としておりまして、それだからこそ、金も溜るのだと申しておりました」

「その昨日友人から貰ったという梅干しは上等のものだと言ったはずだが」

「そのとおりです。紀州の名産の梅干しでして、おまけに宮内庁御用達のものだそうで。主人はすこぶる上機嫌でした」

「それで今日は、その特別な梅干しを食べたのかね？」

「はい。主人は、或る信念を持っておりまして、朝には梅干しも食べません。ただ紀州の名産の梅干しを頂いたもので、今朝それを開けて、なんとも嬉しそうにしていました」

「それで、もちろん、その梅干しを食べただろうね？」

「いいえ、信念を抱いておりますから、食べません。ただ、そのいかにもおいしそうな梅干しをジッと見つめて、何時もの三倍の速度で、御飯を食べてしまいました」

「それで午食には？」

「もちろんその梅干しを食べ、麦の御飯を二杯食べました。その顔の幸せそうだったことと言ったら！　あたしは最近、主人が、あんなにも喜ばしい顔をしたのを見たことがございません。食べ終ったあとも、いかにも惜しそうに、その梅干しの壺をジッと見つめておりました」

北杜夫氏の顔は、このとき、輝きに満ちた。いかにも老醜の顔つきであったが、それでも輝いたと記しても決して嘘にはなるまい。それは、この異常な男がその妖しげな頭脳に、何事かヒラメキを感じた証拠である。

いかめしい声で、彼は言った。

「奥さん、これは重要なことですぞ。御主人は、午食にその特産の梅干しを幾つ食べました？」

「はい、一粒です」

「何だって？　そんなにおいしい、しかも好物の梅干しを、たった一粒だって？その送られてきた梅干しは、一体幾つくらいだったのです？」

「立派な大きな壺に入っておりまして、多分百粒はあったことでしょう。あたしは頂きませんでしたが、普通の安梅干しのように人工着色で毒々しい赤いのではなく、むしろ黄いろみを帯びて、……そして、いかにも柔らかそうにふっくらと大粒のものでした」

北杜夫氏は、いかにも確信ありげに頷いた。

「で、その宮内庁御用達とやらの梅干しは、そもそも誰から送られてきたものです？」

よし子は、相手がいかなる思考を辿《たど》っているか皆目分からず、困惑しながらも答えた。

「ええ、それは高村先生という、立派な外科医の方からです。主人は人嫌いというか、ちょっと変っておりまして、交際している方はごく少ないのです。本職の三つの証券会社の人とか、取引きしている二つの銀行、一つの信用銀行の者だけでした。でも、高村先生は大腸の幾つかのポリープを見事に切除してくだされたもので、大変に恩義を感じていたようです。それでときに一緒に食事もしますし、また高村先生は中学時代の親友だそうで、とても親切な方で、盆、暮にはなかなか高価なものを送ってくださるのです。もちろん主人は、かなりの金額を株に投資しているものですから、証券会社の支店長の方々は、もっと高価なものを持ってきてくれているようですが」

北杜夫氏の目は、さながら狂人のごとく妖しく光った。いや、彼は、もともと十分に狂人の資格を有していたけれど。

彼は、ほとんど厳粛に言った。

「奥さん、ぼくは、どんな名探偵より頭が切れるのですぞ。この恐るべき殺人事件の犯人が、もう分かってしまった！　どうです、ぼくは一体全体、なんという偉い男なんだろう。我ながら、自分に惚《ほ》れ惚《ぼ》れするなあ」

そう自信満々にほざくと、北杜夫氏は低い鼻をぴくつかせてみせた。

だが、よし子のほうは、この初めて会う、しかもかなり異常な言動をするこの白髪だらけの男が、言い立てることをとても信用する訳にはいかなかった。

彼女は、恐る恐るこう言った。

「あなた様はそうおっしゃられますが、そもそも主人が死亡しましたことを、あたしは殺人事件とは思えないのです。あたしは、ここ二日ずっと家におりましたし、その間、誰一人としてやってきた者はおりません」

「それは、確かなことでしょうな？　あなたは、居眠り一つしなかったのですか？」

「はい。それに主人が、これればかりは神経質に防犯ベルをつけております。それもアコムという会社で、万一何かあったら、即座に警備員が駆けつける仕組みになっております。ですから、これは何も殺人ではなく、主人は、何らかのことで変死を遂げたとしか思えないのです」

気弱なよし子も、珍しくきっぱりとそう言ってやった。

ところが、北杜夫氏は、不謹慎にもせせら笑ったではないか。なお面妖なふくみ笑いを、その性悪な顔に浮べてこう言った。

「奥さん、あなたはなんともお人好《よ》しだ。この世では、殺人事件などざらに起るのですぞ。しかも大半が、迷宮入りの完全犯罪なのです。犯人というのは、警察よりも頭が良い。ぼくは名誉にかけて言いますが、御主人は、どこを叩いたって確実に殺されたのですぞ」

そうまで言われては、よし子もこう尋ねざるを得なかった。

「さようでございますか。あたしにはまだ信じられぬことですが、あなた様は、先ほどもう犯人が分かったとおっしゃいましたね。一体全体、それはどこの誰なのです?」

「さよう」

と、北杜夫氏はそこで一息おき、それから、もったいぶった口調でこう言った。

「この兇悪極まりない犯人は、御主人が珍しく交際されていたという、高村という医者なのですぞ」

さすがによし子は、あきれかえったという表情になった。

「御冗談を！　高村先生はご立派な人格者で、しかもごく親切なお方です。それに主人が好きなようでした。そんな先生が、どうして恐ろしい殺人などなさるものですか！」

目の前にいる奇人らしき男は、彼女をなだめるようにこう言った。

「奥さん、あなたは優しいお人です。この世のみんなが、あなたのように優しく善良だったら、おそらく殺人も戦争も起らんでしょうなあ。だが、ぼくはあえてこう言わねばならない。奥さん、あなたは甘い、甘いとね。犯人というものは、いかにも疑われないような人間なものです。こいつは怪しいと思う者は、実は怪しくない。どこから見ても犯人らしくない男が実は何を隠そう陰険な犯人であるものなのですぞ！　このことは、世界じゅうの探偵小説が証明していることです。ぼくは、いやしくも小説家ですぞ。いろんなミステリーを読んで研究している。

おまけに、どんな警察や探偵より頭が切れる。なぜに高村が犯人かということを、ど素人のあなたにも理解できるよう、じっくりと説明してあげましょう。いいですか、この御主人の遺体を一目見て、ぼくはもうピンときた。ほれ、このように身体が異様にねじくれている。それに、この片目を御覧なさい。片方は白目をむいているし、もう一方の目は、恐怖におびえたように血走っているでしょう。それに加えて、この片腕はどうです？　中指と人差指を口中に突っこんでいる。カッと苦悶《くもん》に開かれたこの大口。これだけで、御主人は何らかの毒物で、殺害されたことは太陽を見るよりも明らかなことです。どうですか、この史上始まって以来の名推理は？　シャーロック・ホームズだってポアロだって、いやいや、世界じゅうの名探偵、たとえ明智小五郎だってできないと思われませんか？　いやあ、我ながらアッパレじゃ！　アッパレ、カッポレ、甘茶でカッポレ！」

確かによし子も、初め夫の寝ざまを見て不審には思った。

しかし、異常者であった夫にもひけをとらぬ、いや、なんともはや奇妙奇天烈《きてれつ》な意見を吐くこの男は、夫にまさる異常者だと思わざるを得なかった。

彼女はしばらく考えた末、ようやくのことでこう言った。うっかり北杜夫氏の推理とやらに反対する言葉を述べたりすれば、この男が恐るべき兇暴性の狂人となって、自分をしめ殺したりはしまいかと危惧《きぐ》されたから、わざとおだやかにこう言った。

「さすが御自分で御自称なさるように、あなた様は頭の切れる方でございますね。でも、あんなに親切な高村先生が夫に毒を盛ったりなさるはずがないと、どうしてもあたしは疑問に思いますわ。それに、一体どのようにして夫に毒を与えることができたでしょうか？」

「それはですな」

と、北杜夫氏は、あくまでも厚顔でこう言ってのけた。

「ようく考えてみれば、あなただって分かることですよ。いいですか、貴重な梅干しを送ってきたのは高村の野郎です。そして、その梅干しを食べたのは御主人なのです。ほら、明々白々でしょう？　つまり、あの梅干しの中に、毒が入れられていたことは、今度こそあなたも気づかれたことでしょうよ」

よし子は、それでも決して納得した訳ではなかった。だが、相手を怒らせぬようにこう尋ねた。

「でも、でも、一体どんな毒を？　あんなふうにぴったりと密封されて、しかもセロハン紙に包まれた壺の中の梅干しに、どうやって毒を入れられたんでしょうか？」

「奥さん、温厚なぼくだって、怒りだしますぞ。あなたは一度だって、ミステリーを読んだことがないのですか？　そりゃあ毒を入れようと思えば、缶詰の中にだって、車のタイヤの中にだって、臍《へそ》の穴の中にだって、殺人者は呼吸するように入れられますよ。それほど犯罪者、なかんずく殺人者は巧妙なのです。べつに手品師でなくっても、魔術の名人のように入れるのですぞ。ゆえに、この世に、完全犯罪がゴマンと起るのです」

「あなた様のおっしゃられることは、或る程度、分かるような気も致します」

と、よし子は、今度はべつに相手を恐れるでもなく、皮肉を言うでもなくそう言った。なぜなら、北杜夫氏があまりにも自信満々であったからである。

「でも、高村先生は、一体どこからその毒を手に入れられたのでしょう？」

「奥さん」

と、北杜夫氏は、完全に彼女を馬鹿にしたように、舌打ちをしながら言った。

「あなたには、失礼ながら常識というものが欠如している。医者ほど毒物を簡単に入手できる者は、いないじゃないですか！　殊に外科医だ。麻酔に使うモルヒネ、これを大量に飲ませれば人は死にます。もっとも、それだったら、もっと眠るようにおだやかに死んでいたかも知れんな。しかし、他にもいろんな毒物がある。奥さん、医者になる者は、学生時代に薬物学を習うものです。だから、それこそさまざまな毒物を知っている。ぼくがまだ医局員をしていた頃、それは神経科だったのですが、病理室、または化学室と呼ばれていた研究室では、脳の細胞の染色をやっていました。精神病の中で、昔から脳細胞に変化が起ることを知られていたのは、ただ一つ梅毒からくる進行性麻痺《まひ》患者の脳細胞なのです。それを染色するには青酸カリが必要だ。それだもんで、病理室の棚にいろんな薬品がずらりと並んでいたが、その中に青酸カリを入れたびんもあったのですぞ。医者というものはあんがい間抜けだから、今でもそうかも知れん。そうだ、青酸カリがいちばん早く効き、しかも死ぬときは、その者は苦悶《くもん》するものです。これで決った！　かの帝銀事件を思いだしてくださいよ。御主人は、高村なる医者によって、梅干しの中に仕込まれた青酸カリによって、気の毒にも毒殺されたのですぞ！」

いくら北杜夫氏が勢いたって断言しても、よし子の心の中には、またムラムラと猜疑《さいぎ》の念が湧《わ》きあがってきた。

能《あた》うかぎり、無理矢理に落着かせた声でこう言った。

「まあ、恐ろしいこと！　あなた様のおっしゃられることが、次第にあたしにも分かる気がしてまいりました。でも、夫の死が殺人事件だとしたら、当然警察に届けるべきでしょう？　近くに北沢警察署がございます。あたしはこれから行って、一ダースの警官に来て貰いますわ。いえ、二ダースくらいのお巡りさんを」

ところが、北杜夫氏は、またもや彼女を嘲笑《ちょうしょう》した。

「いや、奥さん。警察が無能だってことを、さっき説明してあげたでしょう？　これほど完璧《かんぺき》なる殺人を企《たくら》んだ犯人は、むろんのこと、あなたの行動をどこから見張っていることでしょうよ。そんなに沢山警官を連れてきたりしたら、犯人はそれこそ直ちに、外国へ高飛びすることでしょうな。そんなふうにして、永久に恐るべき犯人は捕えられんのですぞ。ここはまあ、ぼくにまかしてください」

「でも、でも」

と、さすがによし子は、口をどもらせた。

「あなた様は、べつに探偵を職となさっているわけではないのではございませんか？　やはり本職でないと。それに検死には警官が立会うと聞きましたわ」

「いけない、いけない！」

と、北杜夫氏は声高に言った。大体、この男ほど横暴で、人の心を察することのできぬ人間も稀だったのである。

「そんなことをすれば、犯人をむざむざ逃してしまいますぞ！　……まあ、確かにぼくは探偵を商売にしているわけではない。探偵小説はかなり読んだが、実際に犯罪に立会ったこともまだ一度もない。……そうですな、ここは奥さんの顔を立ててあげることにしましょう。それほどぼくは優しい人間なのです。しかし、あくまでも警官はいけない。ぜひと言われるならば、やはり私立探偵を雇うべきでしょうな」

「私立探偵って、興信所のことですか？」

「とんでもない、興信所の奴らなんて、せいぜい或る家の実状を探るとか、結婚しようとする相手の素行を調べるとか、旦那や妻の浮気を調べるくらいのものです。しかも、みんな無能な奴らだから、その半分は、間違った報告書を作るのですぞ!」

「それならば、あたしは一体どうしたらよいのでしょう?」

「奥さん、ほんの偶然に、このぼくがお宅に来たことは、幸せを呼ぶ奇蹟《きせき》と思ってください。まさしく神の恩寵《おんちょう》そのものと言ってよい! では、ぼくが特別にあなたに教えてあげる。ぼくは、日本一の私立探偵を知っとるのですからな」

「まあ、かたじけないことで。で、その名探偵のお名前は?」

そう尋ねられて、北杜夫氏は胸をそらして、わざとポツリと言った。あんまり威張って胸をそらしすぎたので、危うく後ろにひっくりかえるところであった。

「明智小五郎」

「あら」

と、よし子は複雑な表情をし、奇妙な声を発した。

「でも、あなた様、あれは江戸川乱歩とかいう作家が書いた、小説の登場人物じゃなかったのではございません? 実在する人間じゃないはずですわ」

「いいや」

と、いかめしく北杜夫氏は断言した。

「明智小五郎は、実在する人物です。江戸川乱歩は、彼をモデルにして小説を書いたのだ。ぼくの小学生時代、怪人二十面相ものは面白かったなあ！　ぼくはすっかり虜《とりこ》になって、図書館へまで行って乱歩の大人ものもすべて読んだ。『吸血鬼』はおっかなかったなあ！　『黄金仮面』は怪奇だったなあ！　そんなに夢中になっただけあって、このぼくだけが、ちゃんと明智小五郎が実在する人物だったと、知っているのですぞ！」

「あらまあ」

と、よし子は、半信半疑の声をあげた。

「では、あなた様は、その明智小五郎先生のお宅をご存知なのですか？」

「いや、知りませんな」

「では、せめて電話番号は？」

「これも知りませんな。ぼくはべつに泥棒に入られた経験もないからですな。だが、彼がどこかにいることは確実です。奥さん、職業別電話帳をお持ちで？　もしあったら、それで私立探偵の明智小五郎と引けばいいでしょう。至極《しごく》簡単なことです。どうです、このぼくのように明快に、テキパキと事を運んで助言してあげる男と会ったのは、むろん初めてでしょうな。それほどこのぼくというスーパー・ホモ・サピエンスは、偉大なる存在なのですぞ！」

よし子は、北杜夫氏が無性に威張りたがる性格であることに、もう慣れてしまったので、おとなしく電話帳を捜しに行った。

知人などの電話番号を記した手帳は、夫がどこへ隠したのか、最前あれほど捜したのに見つけることができなかったが、幸いなことに電話帳は、食堂の電話機の置いてある机の引出しに入っていた。

さっそくそれを調べてみると、明智小五郎という名は、ついに見当らなかった。ただ、それにいかにも似た、明智小七郎という名が載っていた。

北杜夫氏にそう伝えると、彼はいかにもという態度で、頷いた。

「大いにあり得ることですな。きっと少し、名を変えたのだろう。おそらく、危険な事件にたずさわっていると推理するぞ。その相手は、言わずと知れた、怪人二十面相なのにちがいあるまい」

よし子は、またムラムラと疑惑の念が起ってきたので、こう尋ねてみた。

「でも、あなた様が、怪人二十面相をお読みになられたのは、確か小学生時代だとおっしゃられましたわね？」

「そのとおり」

「あなた様は、もうかなりのお齢だと拝察致します。すると明智小五郎も、ずいぶんの老人か、ひょっとすると、もう亡くなっているのではないでしょうか？怪人二十面相だって、同じです」

「奥さん」

と、北杜夫氏は、またしても相手をなじるように言った。

「名探偵も怪盗も、なかなか齢をとらないということをお忘れですな。実際、彼らは何時まで経《た》っても、同じくらいの年齢なのです。それが高邁《こうまい》なる常識というものですぞ！　とにかく、その明智小七郎とやらに電話をしてごらんなさい」

よし子は、致し方なく言うとおりにした。

「もしもし、明智先生の事務所でしょうか？」

「はい」

という、まだ少年らしい可愛《かわい》い声が返ってきた。

「ただ、明智先生は、只今北海道に事件がありまして出張しております。ぼくが留守番をしています。しかし、ぼくも探偵の助手です。何かお役に立つようなことがありましたら、どうぞおっしゃってください」

かたわらで受話器の声を聞いていた北杜夫氏が、電話を代った。

「もしもし、君は小林少年じゃないかね？　どうだ、当っただろ」

「いや、小樹《こじゅ》という名です」

「隠したって無駄だよ。ぼくには、ちゃんと明智も君も変名を使っていることが、分かっているんだ。ぼくは明智に劣らぬ名探偵だぞ。しかし、それを商売としてはいない。事情があって、小林君でもいいから、来て欲しいんだ」

「どういう御事情で？」

「それは……なあに、君は慣れていることだろう。高の知れた殺人事件だよ」

「え、殺人？」

と、電話口から、驚ろいたような声がひびいてきた。

「おいおい、小林君、君は芝居も上手だなあ。君だって、殺人事件くらいは何件もあつかっただろう？」

「小林じゃなくて、小樹です」

「隠さなくってもいいんだよ。ぼくは、何もかも見通しの千里眼男だ。小林君とは、お互いに得意の推理合戦をやってみたいから、ぜひ来てくれよ。住所は……ええと、奥さん、……そう、世田谷区松原○―△―×だ。タクシーで急いで来てくれたまえ。いや、ラッシュだと電車のほうが早いかな。明智さんの事務所は新宿の大京町だな。するど、タクシーで駅まで来て、新宿駅から小田急線で梅ヶ丘下車だ。もし下北沢で井の頭線に乗りかえて東松原駅下車なら、そのほうが歩いて早い。なあに、世田谷は、道がちょっと複雑だが、小林君のことだ、すぐに、この金田という家を見つけられるさ。なにしろ大豪邸だ。ぼくは玄関まで来るとき、内庭を覗《のぞ》いてみたが、なんと大きなプールまである。ここら辺で、プールのある家なんて他にない。じゃ、待ってるよ。なるたけ急いでな。なにしろぼくは、セッカチな男だからな。あまり遅いと、君を怒鳴りつけるかも知れんぞ！」

　そう言って、北杜夫氏は電話を切った。

　よし子は、慌てて言った。つまり、預金通帳も判子も夫が隠してしまっていて、もし私立探偵を呼んだりしたら、その費用も払えぬと。しかし、北杜夫氏は、高らかに笑って言った。

「なあに、奥さん。明智さんこそ優しく親切な人です。費用なんて、それらが見つかったずっとあとでよいと、きっと言ってくれますよ」と。
十五、六歳と思われる私立探偵の助手の少年はあんがい早く現われた。
北杜夫氏はその顔を見るや否や、

「おや、君が小林君？　もっと可愛い少年だと思っていたのに、不美少年と言ってよい顔立ちだな。そうか、君もやはり、さすがにいくらか齢とったわけか」

「いえ、小林じゃなくて、小樹ですって」

と、少年はまた訂正してから、

「殺人事件というのに、どうして警察を呼ばないのですか？　それも、私立探偵の単なる助手であるぼくを呼び寄せるなんて……」

と、いぶかしげに尋ねた。

「分かっているよ、小林君。君があくまでも変名を通したいのなら、小樹君と呼んでもいいがね。警察の無能さは、明智さんや君が十分に知ってるじゃないか。それに、明智小五郎にはさすがのぼくも敵《かな》わないかも知れんが、助手でまだ少年である君と、推理合戦をしてみたいんだよ。いいかね、これは一見奇怪なように見えて、実はごく簡単至極の事件なんだ。もし君が推理に負けたら、明智さんが戻ってきたら、今度はぼくが助手になってやる。そのうち、明智さんも負かすようになって、このぼくが日本一、いや世界一の名探偵になってみせてやりますぞ。じゃ小林君、小樹君、君は奥さんから、一部始終をとっくりと聞いて、また屍体《したい》をじっくりと調べて、どういう方法の殺人であるか、また犯人は誰かを当ててみたまえ。このぼくなんかは、たちまち閃いて、すぐにすべてが分かってしまったんだぞ。いやしくも君は名探偵の助手だ。じゃ、しっかりやり給え！　えーと、奥さん、缶ビールが、確かもう一つ残っていましたな。それから氷を入れた麦茶を、大コップに三つほど。さすがにぼくも暑いさ中に頭を働かせたもので疲れてしもうたですぞ。いや、もう夕方、いや、もう夜と言ってよい時刻なのにまだ暑いですな。冷たい濡《ぬ》れたタオルもください。ぼくは冷えたビールと、麦茶を飲んでから、濡れたタオルを顔にかけて少し眠りますぞ。実際、どの部屋も冷房もないなんて、豪邸のくせに、なんたる家なんだ！」

そう言い捨てて、この常軌を逸した男は、応接間のソファに横になってしまった。

そのあと、小樹少年が奥さんからくわしく話を聞いたのはもちろんである。彼はまた、屍体を仔細に眺め調べた。

そのあと、こう言った。

「あの北さんという人も、おかしな老人ですね。彼はむきになって、殺人だとわめいていたけれど、ぼくの推理では、御主人はやはり事故死です」

よし子も、すぐそれに応じた。

「あなたの言われるとおりです。あたしも事故死だと主張したんですが、あの北とかいう人は、やはり異常者なのでしょうね、どこからどこまで、完璧なる殺人事件だと言いはるんです。おまけに恩人である高村先生をその犯人なぞと……」

「しっ、奥さん。あの北さんは、どうやら怒りっぽい人間のようです。そんな声が聞えたら……」

「大丈夫です。さっき、あたしが覗いてみたときは、グッスリ眠っていましたから」

「そうですか。これはやはり警察で屍体解剖をやって貰って、変死の原因を確かめるべきですね。ぼくには、もうちゃんと或る推理ができております。多分それが当っていることでしょう。でも、あの北さんを説得するのはなかなか大変でしょうね。……いいです、ぼく、なんとかやってみますから」

かくして、よし子と小樹少年は、大きな鼾《いびき》をかいて眠っている北杜夫氏をゆり起した。

「おやおやおや、妙なところにおれはおるぞ。一体、ここはどこなんだ？　今まで豚に臍を舐《な》められている夢を見ていて、実に愉しかったが、それにしてもなんたる暑さだ！　窓の外は完全に夜になっているというのに。こりゃあ、いくら東京の夏とはいえ異常気象だ。こんな異常な暑さの中におれば、正常な人間だって異常になる。ほうら、おれさまはやっぱり真理をズバリと言う。やはり我ながら偉大なる男だ」

「そのとおりです」

と、そのとき、小樹少年が声をかけた。

「北さん、あなたは確かに異常です。あなたの推理も異常です。この家の御主人は、やはり殺されたのではなくて、事故死だったのです」

北杜夫氏は、ソファから半身を起して、少年のほうに寝呆顔《ねぼけ》を向けた。

「おやあ、君は誰だね。なんだか無礼なことを言ったようだな。……ああ、やっと目が覚めてきたぞ。おい、こら、小林君、今、君は何とほざいた？　このぼくが異常だと？　ぼくの推理も間違っておると？　しかも、殺人事件ではなく単なる事故死だと？　どういう理由があって、そんな途方もないホラ話が吹けるんだ？　さあ、きりきりと申してみい！」

小樹少年も、いささか困惑したようだったが、悪びれずにこう落着いた声で言った。

「落着いてください、北さん。あなたの推理は奥さんから聞きましたが、なかなかのものでした。ただあまりの暑さのためでしょう、少しばかり、いや、大いにピントがずれていたわけです」

「何だと？　どこがピントがずれていると言うんだ、この小僧め！」

「昂奮《こうふん》しないでくださいよ、北さん。あまり大声でわめくと、この近所には有名な精神病院の分院もありますから、下手をすると、あなたはそういう病院に強制入院させられるかも知れないですよ」

「何が精神病院だ？　このおれさまのどこに狂人らしきところがあると言うん

だ？　おれほど正常な男は全世界にもたんとはおらんぞ！　小生意気な小僧めが！」

「そらそら、そんなどら声をはりあげるのがいけないんですよ。どこの誰が聞いたって、これは正常者じゃないと思いますよ。落着いてください、北さん。ぼくがちゃんと説明してみせますから」

「じゃ、無理して落着いてやるぞ。さあ、きちんと順を追って君の推理を言ってみろ」

「でもぼくは、ただ、かなりの年数、探偵の助手をしていましたから、少しは推理は得手なつもりです。ねえ、北さん、どうか大声を出さないで、ぼくの説明を聞いてくれませんか？」

「いいとも、聞いてやるとも、小癪《こしゃく》な小僧め」

「大分、声が落着いてきましたね。それならば大丈夫でしょう。いいですか、ぼくの推理を申し上げます。確かにこの家の御主人の屍体の様子は、かなり異様でした。あなたが青酸カリによる苦悶死だと思われたのも無理はありません。でも、ぼくの推理は、ちっとばかりあなたのとは違っています。いいですか、御主人はほとんど梅干しばかり食べて暮していた。梅干しが大好物だった。しかし、スーパーで売っている安物の梅干ししか、ふだんは食べなかったと奥さんが申されています。そこへ紀州の名産の梅干し、あまつさえ宮内庁御用達というたいそうな名品の梅干しを送られた。御主人は、朝はそれを眺めただけで御飯を食べ、午にはその梅干しを一つ食べられたことは、あなたも奥さんからお聞きになったでしょう？　大好物の梅干し、しかも常のごく安物の、ガリガリした梅干しを食べて満足していた金田さんが、極上の高級なふっくらとした梅干しを食べ、見て、どんなにより満足したかは容易に想像がいきますね。いや、満足と言うより狂喜と言ったほうがよいでしょう。午食のあと、金田さんは株の放送を聞くため寝室に戻りましたが、さっきのあまりにもおいしかった梅干しの味が、どうしても頭から去らなかったのです。北さん、あなただって小説家だ、世の食いしん坊、食通の心理などは、人並みにご存知でしょう？　加えて、金田さんの場合、普通人の食道楽と異なって、梅干しだけでした。梅干しひと筋に生きてきた男と言ってもよいでしょう。それだもので、彼は、常日頃の習慣をも忘れてしまい、あの素晴しい梅干しを、せめてもう五、六粒もそのままに食べてみたい、と思ったのも無理はないことでしょう。そうです、ぼくの推理によれば、金田さんはどうしても居たたまれなくなって、奥さんなんかに食べられぬよう、食堂の戸棚の奥に隠しておいた梅干しの壺を開け……」

「いえ、小樹さん、そこだけは違いますわ。あたしは、主人からこれは食べてもよいと言われた食物以外、決して盗み食いなどしたことは、ただの一度もございませんでした」

　と、よし子が口をはさんだ。

「そうでしたか。失礼しました、奥さん」

　と、小樹少年は言葉を続けた。

「とにかく、御主人は特級品の梅干しの五、六粒を持って、またラジオを聞くため寝室に戻ったのでしょう。御主人がその梅干しを取り出すときは、奥さんは洗濯で風呂場におられたから、その現場は目撃できなかったのです。さて金田さんは、ふっくらとして汁も多い梅干しを一つ口に入れた。なんというおいしさだったことでしょう。なぜとなれば、金田さんは言わば梅干し狂であったから、そのおいしさも普通の人の何倍、いや、二、三十倍も余分に感じられたのではないでしょうか。彼はもう堪《たま》らなくなった。矢も楯《たて》も堪らなくなった。言わば半狂乱状態に陥ったのです。それで残りの梅干しをすべて、一遍に口の中に押しこんだ。ゆっくりと咀嚼《そしゃく》する余裕なんてなくなってしまった。遮二無二梅干しを味わい、それも乱暴に味わい、そして呑《の》みこんだのです。あの紀州産の梅干しは見せて貰いましたが、かなり大きなものでした。当然のこと、種子だって大きいはずです。そこでぼくの推理はこうです。金田さんは、あまりにも無我夢中、忘我の状態で五、六個の梅干しを呑みこんだもので、その種子の幾つかが喉《のど》につまり、苦悶、呼吸困難な状態となったのです。だから、苦しさのあまりあんなふうに身体をよじった。それから、喉につまった梅干しの種子を取り除こうとして、片手の指を二本口の中に突っこんだ。しかし、梅干しの種子はとうとう取れず、といって喉を通過もせず、ついに金田さんは窒息死を遂げられたのです。ぼくが、これが殺人事件ではなく、事故死と言ったのはかような推理からです。どうでしょうか、北さん、それでもなお、あくまでも毒薬殺人を主張されますか？」

「ううむ」

と、北杜夫氏は苦しげにうなった。

いくら、異常な彼とても、小樹少年の推理のほうがどうやら的を射ているようだと、思わざるを得なかったからだ。

しかし、小樹少年が、

「事故死にしても、当然警察の検死が必要です。北さん、警察に電話をしてもいいですか？」

と問うたとき、またぎろりと目を光らせて、

「いや、警察はいかん。警察の無能ぶりは、古今の探偵小説が証明してるじゃないか！」

「でも北さん、屍体解剖はぜひとも必要なのですよ。そうすれば、もし毒殺ならば何らかの毒が検出されましょうし、北さんの推理が当っているか、ぼくの考えが正しいか、いずれかの結着はつくでしょう。ねえ、北さん、ここはお互いに男らしくフェアに行きましょうよ」

北杜夫氏は憮然《ぶぜん》とした顔で、ようようのことでかすれ声でこう言った。

「よし、ぼくも男だ。君の言うとおりにしよう。屍体解剖はむろん必要だ。ただだね、ぼくは警察というものを信用しておらん。よし、いい考えが浮んだ。ぼく

は昔、慶応病院の医局員をしていたことがあるんだ。そのとき講師だった人が、今じゃ教授になっている。その教授に電話して、なんとか頼んで慶応病院で解剖して貰おう。そのほうが、ろくな医者もおらん警察病院なんぞより、よほど正確で完璧な結果が得られるだろうよ」

小樹少年は、おとなしくその案に同意した。

ただもう夜も遅いので、慶応病院の病理解剖室には宿直医しか残っておらず、解剖検死は明日でなければできぬという返事であった。その代り、明日は遅くとも、午後一時までには結果を報告すると宿直医は答えた。

そのため、その翌日の午後一時少し前、金田鱗触氏の奥さんと、北杜夫氏と小樹少年は、再度金田家に集まり、電話の報告を待つことになった。

奥さんは、さすがに色青ざめていた。小樹少年は落着きはらっていた。北杜夫氏は心の動揺をこらえられぬらしく、しきりと貧乏ゆすりを続けていた。

やがて、電話が鳴った。

北杜夫氏が電話にすっとんで行った。もはや老人で、ヨタヨタとしか歩けぬ彼が、これほど敏捷《びんしょう》な身のこなしをしたのは、ここ数年来ないことであった。

だが、電話で解剖の結果を聞いていた彼の顔は、みるみる曇っていった。

やがて、彼は、

「分かりました、先生。どうも御苦労様でした。まことに有難うございました」

と、丁寧に言って、受話器を置いた。

それから北杜夫氏は、白髪頭をクシャクシャにひっかきながら、小樹少年にむかって、言った。

「小林君、さすが君は名探偵の助手だ。君の推理したとおりだったよ。屍体からは何らの毒物も検出されず、ただ金田老人の喉に、大きな梅干しの種子が四つつまっていたそうだ。あれだけの大きさの種子が四つもつまれば、苦悶のあげく窒息死せざるを得ないだろうと先生も言っておられた。だから、今度の勝負は、残念ながら君の見事な勝利という訳だよ、小林君」

「小林じゃないですったら」

と、小樹少年は、少し声を強めて言った。

「ぼくの名は小樹です。それにあなたは、明智小五郎や小林少年が実在していると信じているようですね。それで明智小七郎事務所に電話をしたと、奥さんから聞きました。だけど北さん、小説ってそもそもフィクションでしょう？　明智小五郎だって小林少年だって、江戸川乱歩の創造人物で、もちろんあんな名探偵も名助手もいないはずです。世界のどんな名探偵にせよ、みんな作者の創造人物じゃないですか」

「その意見には、少々異を唱えたいが」

と、北杜夫氏は、まるで梅干しの種子が喉につまったように苦しげに、

「まあ、今日のところは、君の言うことを素直に認めるとしよう。ぼくだって、正常極まりない正直な男だからね。だけど君には感心した。アッパレな推理だった。やはり君は、明智小五郎の助手の小林少年なんだ。一体、なんて利口なんだ」

と、また昂奮した声で言った。

すると、小樹少年は相手をなだめるような声で、実は皮肉っぽくこう言った。

「小林少年じゃないって、もう幾度も言ったじゃないですか。それに、ぼくはそれほど利口ではありません。なぜって、名探偵の明智小五郎の助手じゃあないのですからね。明智小七郎先生も、どちらかと言うと丹念に調べる言わば足の探偵

で、決して名探偵なんぞではないのです。それだもんで、その助手のぼくも名助手にはなれないんです。だから、ぼくがべつに利口じゃないってことは、本当のことです。ただ、あなたのほうが、少し頭が足りないだけなんですよ」

北杜夫氏は、憤然としてソッポをむいた。

しかし、彼は果して、おのが愚かさと尋常ならぬその性格に対して、少しでも反省したであろうか？　それは大いに疑問だと言わねばならぬ。だいたい、この男には露ほどの自己反省もないばかりか、頭脳の構造はすこぶる異常で、おまけに常人よりかなり弱かったからである。

赤ん坊泥棒

一九八〇年初夏のたそがれ時。リオ・デ・ジャネイロの市街、そして島々の点在する湾を見おろす小山の上の巨大なキリスト像のそばには、十数人の男女が佇《たたず》んでいた。

ツアーの観光客ではない。おそらく大半がアメリカ人であろう。

齢《とし》はいずれも六十歳を越しているように窺《うかが》われた。いずれも裕福そうな服装をしており、夫婦づれがほとんどである。欧米人のかなり地位のある男たちは、停年になって時間の余裕ができると、妻と同伴で海外旅行を愉《たの》しむ連中が多い。中には豪華船のクルーズで、ゆうゆうと世界一周をする人たちもいる。

そういう観光客の中で、いちばん若いまだ二十五、六歳くらいの男女に、ファビス・カルドーゾは話しかけた。むろん訛《なまり》はあるものの、かなり達者な英語である。

「ご機嫌よう、セニョール。おいらはカルドーゾという者で、もともとリオの生れです。リオのことなら何でも知ってる。旦那方はアメリカの方でしょう？　なんなら、お好きなところへ御案内しますぜ。おいらくらいスペシャリストのガイドはいねえ。おまけに格安ですぜ。なぜって、おいらは金のためにガイドをするんじゃねえんで。つまり、自分の生れたリオが大好きで、そのいろんな穴場を外国の人に知って貰《もら》うのが、いわばおいらの誇りになるんでさあ」

ファビス・カルドーゾは黒人やインディオの血はほとんど混じっていないが、かなり浅黒のまだ二十歳《はたち》の小男だ。その顔はどことなく鼠《ねずみ》に似ていて、その小さな金壺眼《かなつぼまなこ》はいかにも小ずるそうな光を帯びている。

果してアメリカ人の夫のほうは、

「いい夕方だね、セニョール。おれはジョン・クレマッシー。これが妻のエリーナだ。だが、ガイドは要らない。おれは商用でかなりの国をまわっているし、遊びにも行くが、ガイドなしの気ままな旅が好きなんだ。君には悪いが、ガイドって奴《やつ》はいろんなことを前もって話してしまう。おれは自分の足でほっつき歩いて、つまり予備知識なしで風景を眺めたり、知らないでいた異国の風俗にぶつかるほうが好みに合う。そのほうが万事が新鮮に目に映るし、無知なおれの心も驚きに溢《あふ》れるって訳さ。そう思わないか、セニョール」

「いやあ、旦那こそお見受けしたとおり、正真正銘のまっさらな立派な紳士でさあ。セニョール・クレマッシー」

と、カルドーゾは大仰に驚嘆の表情を作って言った。風采《ふうさい》こそあがらぬが、この小男はベラボーに如才なく口達者なのである。大体が陽気なラテン人種の中でも、特別製の口と舌とを神から授けられたとしか思われない。

「そういう旦那とおいらは口を利くのが好きなんでさあ。正直言うと、ガイドに頼りきりで自分の意見もなくあとから尾《つ》いてくるばかりの田舎者ときちゃあ、一日つきあうと臍《へそ》の穴が痛くなるね。もちろん、おいらは旦那のガイド無用主義が本物の観光だと思いますよ。ですがね、おいらはちょっとばかりおしゃべりで、また気持のいい人とおしゃべりするってことは、この世の天国だとも思うんでさあ」

「おしゃべりだけなら、少しつきあってもいいよ。ただし、あくまでも少しだよ。なにせ、私は無神論者で、天国なんぞないと思ってるからね」

「旦那にはかなわねえなあ。それにユーモアがおありになる。なあに、おいらはあんたのこの美しい奥様とだけお話ししますよ。なんともはや、星みてえな瞳を持った美女だからね。奥様も、かなりの国へ旅されましたか?」

「いいえ、夫は仕事上、旅もよくしましたが、あたしはまだイタリアにしか行ってませんのよ。それもローマとナポリだけ……」

星どころか、ごろた石のような目をしたその不器量な妻は答えた。しかし、カルドーゾは満面にうす汚い笑みを浮べて、

「おお、ナポリ! なんという懐かしい名! ねえ、クレオパトラのような奥様、よく世界の三大夜景っていうでしょう? 確かナポリと香港とこのリオ・デ・ジャネイロだ。おいらは香港はまだ知らないが(もちろんナポリだって知ってはいないのだ)、何て言ったってこのリオが世界一の夜景でさあ。それも他《ほか》と比較にならぬくらいにね。もうすぐ夜がやってきます。おいらの言葉にもし嘘《うそ》のかけらでもあったら、おいらは悪魔に喰《く》われちゃってもいい。いや、この丘の上からあの街路に飛び降りて、見事に自殺してみせまさあ」

「まあ、そんな無茶苦茶なことをおっしゃっちゃいけません。夫は無神論者ですけど、あたしはまだ神を信じておりますわ。でも、リオの夜景って、それほど素

晴しいの？」

「そりゃあ奥様」

と、カルドーゾはいかにも悪賢そうな金壺眼をぐるりと回した。

「ほら、ご覧なさい。下の街路に灯が点《とも》ってきたでしょう？　ちょろちょろと動いているのは、車のライトです。そうら、だんだんと暮れて、島々も海も街も霞《かす》んできた。これから、夜の帳《とばり》が、この点々とした灯を増し始め、それこそ無限大に、いや超無限大の輝きと化してゆくのです。腕時計をご覧ください、美しい奥様。六時半になると、あの巨大なキリスト像に向けられたライトがつけられます」

ちっとも美しくない夫人は、やがて歓声をあげた。

「あら、ほんとだわ。ライトがついたわ。なんという見事なキリスト像でしょう。でも、白い像のはずなのに、薄黄色く見えるのね」

「そこがこのリオの神秘的なところです。リオって街にゃあ、神秘なんぞドブネズミよりごっそり住んでいるんでさあ」

「このリオに、昼間あんなに美しかった海辺のリオには、そんなにドブネズミが多いの？」

「ねえ、星の瞳をなさっている奥様、リオにはピンからキリまであるんでさあ。リオの海水浴場の長さは四十八キロある。その辺りの高級アパートにゃあ、有名人ばかりが住んでいる。たとえば有名なサッカー選手は月収九千ドルは取ってまさあ。ところがあのキリスト像のある丘の下、さあ、何が見えます？」

「そうね、もうずいぶん暗いけど、なんだかゴシャゴシャした小家屋が……」

「そのとおり、星の瞳のあなたは視力もいい。あそこら一帯は、月収九千ドルのサッカー選手とは逆の、泥棒をせにゃあ食ってけない連中が住む貧民街でさあ。本物の泥棒もゴロゴロいる。人殺しもあちこちで昼寝している。ところで、その星の瞳で、あのキリスト像をまた見てご覧なさい」

「あら、真白になっている！　ほんの五、六分しか経《た》っていないのに」

「だから、あっしは言ったでしょう。さて、あちらの真下に輝きだした灯の洪水に目を向けてください。何億匹という蛍の群のようでしょう？」

「まあ、綺麗《きれい》！　ねえ、あなた、これはナポリよりずっと素敵じゃない？　あなたは香港も知ってるはずね。でも、ほんとにリオの夜景はスケールが違うわ。一千万ドルの夜景って言葉は嘘じゃないわ。ねえ、ジョン」

「一千万ドルはちと違いますよ、奥さん」

と、カルドーゾは横合からこの若いカップルにまた声をかけた。

「一千万ドルは昔のこった。今じゃあ、インフレも進んでるから、一億ドルの夜景と言って貰いたいですね」

「ホホホホ」

と、若い不器量な女は笑った。

「あなたのおっしゃるとおりよ。ほんとに一億ドルの価値はあるわ」

「そうでしょう。だから、おいらは……」

「おい、エリーナ」

と、かたわらから堪《たま》りかねたようにその夫が声をかけた。

「もう行こうぜ。おれはこいつのような手合をよく知ってる。こいつの同類は世界じゅうにいるからな。こいつは悪質な押しかけガイドの中でもかなりの悪《わる》だよ。ガイドなんかしないと言って、こんなふうにペラペラしゃべりやがって、最後に五十ドルはふんだくるって寸法だ。エリーナ、もうこいつとは口を利くな。夜景もキリスト像ももう十分に見ただろう。こいつのへらず口がなかったなら、もっと素晴しい眺めだったのに。さあ、もういいだろう、エリーナ。ケーブルカーの駅へ行こう」

「旦那、ひどいことをおっしゃる。さっきも言ったでしょう？　おいらは気持のいい人としゃべるのが大好きだって。もっとも、ちっとばかりしゃべくりすぎたことは認めますがね。むろん、一クルゼーロだって、いや一センタボだって金なんか欲しかありませんよ。じゃ、良い夜を。おっと、肝腎《かんじん》なことを聞き忘れた。お二人は結婚して何年になります？　いやね、おいらはお二人をこの一億ドルの夜景の中で、お別れに祝福してえんで。これがリオの流儀でさあ」

「三年だよ」

と、若い夫はそっぽを向いて、ぶっきらぼうに言った。

「三年！　そりゃめでたい。ラッキー・ナンバーでさあ、三は。いやね、ご存知のようにブラジルはサッカーが盛んだ。みんなそのトトカルチョに賭《か》けるんです。なにせブラジル人はギャンブル好きでね。ところで、今年、十三試合の勝ち負け、引分けを全部当てて、一億三千ドル儲《もう》けた奴がいる。何しろ広いブラジル全土で賭けるから、金額もでかいんでさあ。その負け試合の数が三なんです。おお、あなた方夫婦の上に神のみ恵みを！　ところで、ついでにお訊《き》きしたいのですが、もうお子さんはおありなんでしょうね？」

「三人いるよ」

と、もう飽き飽きしたように若いアメリカ人は答えた。そして、もうこの小うるさいブラジル人を相手にせず、妻の腕を取ってケーブルカーの駅のほうへと歩み去った。

「ちぇっ！」

と、ファビス・カルドーゾは大きく舌打ちをした。

「三人の餓鬼か。とんだ茶番だ！　とんだ無駄骨折りだ！」

そのとき、横手の展望台のほうから、長身の、これはきちんとした背広姿の男が音もなく近寄ってきた。

「おい、ファビス」

「なんだ、兄貴か？」

と、ファビスは母国語で言った。

ミゲル・ピネイロスはむろん兄弟ではないが、事実商売の上でファビスの兄貴分であった。

「ファビス、おれはまた失望したぞ。おめえのやり方は何だ？　なんでまたああペラペラ役にも立たねえ言葉を並べるんだ？　もっとテキパキと肝腎なことを訊けよ。大体、おめえはしゃべりすぎる。おめえは英語がうめえから、バストス親分はおめえをマルセロ・サントスの代りにアメリカに行かせるかなんて言ってるが、こんなことじゃあとても役に立たねえ。やっぱりおめえは、まだ車の見張り番のほうが似合いだよ」

「だって、ミゲル兄貴」

と、ファビスは不服そうに言った。

「おいらはブラジル流にやっただけよ。あの夫婦、殊にあの豚よりも汚ねえ女房のほうは、おしゃべり好きだと睨《にら》んだからね。そのとおり、あの女はおいらの話に乗ってきたじゃねえか」

「乗ってこようがこまいが、肝腎なことをひとこと訊きゃあいいんだよ」

「でもさあ、もし子供がいねえと分かったとき、そしてあいつらが子を欲しがってると分かったとき、そのくらい親しくなってねえと、それからの話がうまく行かねえだろ？」

「それからの話はちとむずかしくて、おめえのおつむじゃ無理だと言っただろ。それからは、このおれさまの出番さ」

と、ミゲル・ピネイロスはさも威張ったふうに、胸をそらしてみせた。

「そんなことを言って兄貴、おいらはちゃんとこの前、赤ん坊を七百ドルで売り渡したぜ。兄貴だってちゃんと知ってるこった」

「そりゃあ昨年のこった。この商売を始めてとうに一年も経ってるのに、おめえの売った赤ん坊はたった一人だ。それに、ありゃあけっこう色白の可愛《かわい》い赤ん坊だった。あれなら千ドル以上は貰わにゃあ、成算が立たねえ。赤ん坊を売買するにも、いろいろと経費がかかるんだ」

「だっておいらは、あの赤ん坊はたった九十クルゼーロ（二千七百円）で手に入れたって聞いたぜ」

「いやさ、赤ん坊を売ってるグループがアメリカにもあるんだ。こいつはおれたちみてえなちっぽけなグループじゃなく、ずっとでかい組織らしいんだ。マルセロ・サントスの報告じゃあな。そいつらの一人が、このおれたちの縄張りのリオにやってきたんだ。おそらく南米から赤ん坊を買うアメリカ人が多くなったからだろう。そして、どういう訳かあの赤ん坊を売ったジョアンとマナの夫婦のとこへ行って、話を持ちかけたんだ。おれなら赤ん坊に三百クルゼーロを出すってな。マナの奴はヒステリーで女豹《めひょう》より勝気だ。で、マナはえらい損をして赤ん坊をおれたちに売っちまったと頭にきて、親分のとこに怒鳴りこんできたってわけさ。こちとらだって弱みを持ってる身だしな。結局、親分はあと、二百五十クルゼーロ出して手を打ったってわけだ。見ねえ、ほとんど儲けにもなってねえじゃないか」

「でもさあ、今、闇ドルは二クルゼーロくらいしていると思うが」

「今はな、だけど昨年はせいぜい一・三クルゼーロだった。しかも、闇ドルを売るにしても、今じゃあけっこう厳しい御時世だ。おめえの間抜けぶりは、これでようく分かっただろ」

「だけどよう、兄貴。おいらはこれでせい一杯努力してるんだ。それに、おいらがなかなか口がうまいことくらい認めてくれよ」

「おめえのは余計なふうに口が動くだけなんだよ。いいか、おめえは昔、駐車する車の番をしてせいぜい十センタボ（三十円）貰ったり、たまにゃあその車の窓を割ってカメラなんか盗んでやっと暮していた浮浪児だった。それを親分やおれさまのおかげで、何もしねえでもおまんまの心配《しんぺえ》ねえ身分になれたことを忘れるなよ。……おっと、すっかり夜になって観光客が帰り始めたぞ。おめえ、あそこの二、三組に当ってみろや。くどくどとつまんねえこと言わないで、手っ取り早く肝腎なことだけを訊くんだぞ！」

「分かったよ、兄貴」

と、ファビス・カルドーゾはちょっとふくれ面《つら》をして兄貴分から離れた。

「ねえ、セニョール」

と、彼は四十をとうに越していそうな、でっぷりとした男に声をかけた。

「お連れの美しい御夫人は奥様で？　それともすんばらしい恋仲ってわけで？」

「うるせえぞ、小僧！」

と、男はカルドーゾには分かりにくいドスのきいた英語で怒鳴るように言った。

「女房だろうが恋人だろうが、大きなお世話だ。それがお前に一体どう関係があるって言うんだよ！」

「すんません、旦那」

と、カルドーゾは相手の見幕に、一、二歩後ずさりながら言った。

「おいらは子供が好きでねえ。中でも赤ちゃんはなんとも天使みたいでしょう？　旦那はハンサムだし、奥様は美人だし、そのお子さんならきっとこの世にないほど可愛いと思ってね。今度の旅にはお子さんはお連れにならなかったんで？」

「連れてこようが、置いてこようが、おれの勝手だよ。お前とそれが何の関係がある？　おれはブラジルにはもう六回来ている。だから、お前みてえに慣れ慣れしく話しかけてくる奴が、とんでもねえ悪党だってことはよく知ってらあ。大体、ブラジル人の七割は、人殺しか、銀行強盗か、ちゃちな泥棒か、暴力スリか、観光客にたかる抜目のねえ大法螺《おおぼら》吹きかだ。だから、おれはブラジルに来るときゃあ、必ず初めから喧嘩腰《けんかごし》になっている。ガンも持っててえが税関でヤバイからな。さあ、とっととどこかへ消えちまえ、この小鼠みてえな悪党めが！」

こんなふうに言われては、さすがにファビス・カルドーゾも腹が立った。

「分かったたよ。おいらはただ子供のことを訊いたのに、あんたはどうしてそう頭から湯気を立てるんだ？　ははあ、分かったぞ。あんたはインポなんだ。子供なんか作りたくってもできねえんだ。なあ、そうだろう。インポの旦那よ」

　すると、もともと癇癪《かんしゃく》持ちらしいその中年男は、本気になって怒りだした。

「おれがインポだと？　まあ、カンザスじゅう捜したって、おれくらい精力絶倫の男はいねえよ。女という女はみんなおれのペニスに参っちまって、女房になったり恋人になったりするんだ。嘘だと思ったら、こいつに訊いてみな。こいつもおれのペニスにいかれて、重役の旦那と別れて、こうしておれと一緒にいるのさ。子供だって？　さあ、これまでおれのザーメンから生れた子供は二ダースだったか、三ダースだったか、おれだってもう忘れちまったほどだ。そのおれをインポだと？　このチビ悪党め、てめえのペニスをぶっちぎってやろうか？　もし、てめえにペニスがついてるとしたらな」

　口達者だけは自慢のファビス・カルドーゾも、さすがにこのカンザス男の手ひどく下品極まりない台詞《せりふ》には参ってしまった。本物のならず者とは思えなかったが、触らぬ悪魔に祟《たた》りなしと、彼は逃げるようにその男から離れた。

　さっそく兄貴分のミゲル・ピネイロスが近づいてきて言った。

「おい、ファビス。何をいきなり喧嘩なんかおっ始めるんだ？　他の観光客までこわがって行っちまったじゃねえか」

「何もおいらが悪いことはねえんで。ただ、野郎がいきなり嚙《か》みついてきやがったんで。でも、あいつはなんでああも盛りのついた吼《ほ》え猿みてえに嚙みついてきやがったんだろ？　自分のペニスのことばっかり威張ってやがってさ。……はあ、分かったぞ。あいつは正真正銘の、本物でまっさらのインポなんだ。だから、子供がいるかって訊かれただけで、コンプレックスにグサリと触れて、あんなにいきり立ちやがったんだ。こっちこそとんだ迷惑だ。ふん、史上最大のインポ野郎めが！」

「何を分からねえことをブツブツほざいてんだ。ほれ、あそこに爺《じい》さんと婆《ばあ》さんがいかにも仲良さそうにひっついてらあ。ほかの客はみんな帰っちまった。早くあの爺《じじ》いのとこへ行ってうまくやってこい」

「だって兄貴、ありゃあどう踏んだって、両方合せたら百七十歳だぜ。まさか子供がねえってことないだろ。アメリカじゃあ、セックスをしねえだけで女から離婚を迫られるっていうじゃないか。もっともこのブラジルじゃあ、セックスをしてもしなくても別れるらしいけんどな」

「だからおめえはまだ役立たずのチンピラだって言われるんだよ。あの爺いと婆さんには、むろん子供も孫も曾孫《ひまご》もザワザワいるにちげえねえ。そのどえらい数の子供や孫や曾孫が結婚してよ、どうしても子供ができねえで赤ん坊を捜してる確率はかなりあるだろうよ」

「ふうん、なるほどねえ」

と、ファビス・カルドーゾは口では感心したように頷《うなず》いたが、腹の中ではこう思った。そりゃあ、あの死に損ないには大勢の子供や孫がいるだろうよ。だけど、その中の夫婦がどうしても子ができなくて、子供、できれば育てているうちに自分たちの本当の子のように思える赤ん坊を求めている確率は、今おれの頭の上にひろがっている美しい夜空の何十億というお星様が落っこちてきて、向うにしらじらと両手をひろげて立ちはだかっているキリスト像にぶつかる確率よりは多くはあんめいよ、と。

それでも兄貴分の機嫌を損ねては大変だから、ファビスはおとなしく老夫婦のところに歩み寄って、丁寧に声をかけた。

「今夜は、ブラジルにようこそ、仲の良い小鳥のような御夫婦方」

「なんじゃ？」

と、頭がすっかり禿《は》げ、顔じゅう皺《しわ》だらけの老人は問い返した。

「あんたは、ここの人かよう。わしは、ちいっと耳が遠いんでよう」

その英語は、とてもこのように意味を持つ言葉とは思えなかった。事実、ファビスには半分もその内容が聞きとれなかったのだ。しかし、ユーをヨーというふうに言ったから、南部の人間だな、とファビスはちらと思った。

「さようです。紳士よりもハイネスのような御老人。おいらはここ、リオで生れて、リオで育ち、こうしてなおリオでちゃんと息をして生きているまっとうな人間です」

と、彼は言ってから、自分でも我ながらくだらぬ余計な話し方だなと思った。

「なんじゃと？」

と、老人は耳を彼の顔に近づけてきた。

「君の言ってることたあ、さっぱり分からんて」

「おいらだって、あんたのしゃべってることたあ、ちっとも分かりませんや」

と、ファビスはもはや絶望して、思わずそう言ってから、ピネイロスの言葉を思いだして、気を取り直し、できるかぎりの大声を出した。

「奥様とお話ししても、よろしいでしょうか？」

「奥様？　ああ、妻か。妻はわしよりもっと耳が聞えん」

「え、パルドン？」

「耳。みみ。耳がわるいのじゃ」

「ああ、アイ・シー。そいじゃ、あなたにお訊きしますが、あなた方のお子さん、孫、みんな結婚していますね？」

「けっきょん？　ああ、結婚。そう、わしらは夫婦じゃ」

「そうじゃないんですってば。あなたの、子供、もし男なら女と、もし女なら男と、結婚してるでしょう」

「なんじゃかよく分からんが、わしらの子のことか？」

「そう。子供でも孫でも。結婚、つまり神父さんの前で、指輪はめてキスするあるね」

「そりゃあ何のことじゃ。ははあ、結婚式か」

「そう、そう、そのとおり。あなたの子供さん、お孫さん、みんなみんな結婚しましたか？」

「みんなみんな？　なんじゃ、それは？」

「つまりねえ。花婿と花嫁になって、子供産みましたか？　あなたじゃない。子供、孫、結婚して子供作ったか？」

「おお、子供。分かったぞ、わしは。つまり、わしの孫のことじゃろう？」

「そう、そのとおり」

「孫は可愛いぞ、君。なんともはや、言いがたく可愛いものだぞ。しかし、孫たちも大きくなってな」

「おお、それ！　また結婚しましたか？」

「いや、再婚などせん。わしの子たちはみんな結婚は一度きりじゃ」

「おいら、あんたの話すことかなり分かるようになった。ところで、結婚して、子供できない人いますか？」

「なんじゃと？　君の言うことよく分からん」

「つまりですね、いいですか、結婚してもベビイできない夫婦一つくらいありますか？　あなたの子供、孫の夫妻で」

「よく分からんことだが、赤ん坊も大きな子供もみんないるよ、わしの一家ではな。大体がわしの女房が多産系で、十一人子供を作った。その子供ら、みんな女房の血引いとるよ」

「でも、お子さんの奥さんがみんな沢山子産むとは限らんでしょうが」

「何言うとるのか、さっぱり分からん。君の話、とんちんかんだよ」

ファビス・カルドーゾはそこで疲れはてて、すべてを諦め、耳の遠いうえに妙てけれんな英語をしゃべくる老人のそばを離れた。

また向うで様子を窺っていたミゲル・ピネイロスがうす気味のわるい影のように近寄ってきて尋ねた。

「おい、どうだった？」

「兄貴、兄貴がやってみるべきでしたよ。あの老人はボケてます。おまけに気が変だ。英語でねえ英語をしゃべくる。なんでも百人ほど子や孫を作ったらしいですぜ」

「ふざけるな、ファビス。頓馬《とんま》なおめえなんかにアメリカ人の相手をさせるのは、おれさまが英語ができねえからだ。おめえは頭のてっぺんから腹の底まで馬鹿なくせに、英語だけは妙にうめえからな。イタリア人ならおれの専門なんだが。しかし、こんな調子じゃ、次のカモがひっかかるのは、一体何時《いつ》になるのか、おれもかなり心配《しんぺえ》になってきたよ」

「ねえ、兄貴」

と、ファビスは真剣な声で言った。

「こんな所に見物にくる観光客の中に、ほんとに赤ん坊を捜しにくる連中がいると思いますか。この前、おいらが見つけた相手はバーにいた。大体、ブラジルにどれだけ欧米人が来るか知らねえが、その中で子供がなくて、本当に赤ん坊を欲しがってる連中なんて、十万人に一人もいねえと思いますよ。大体、キリスト像の丘なんて、場所がよくねえ。さっき兄貴が言った、アメリカの組織みてえな奴は、きっともっとうまい手口を使ってるに違いないですよ。なにせ子供が欲しいっていうのは神さまが定めたなによりの人情だ。欧米にゃあ、いくら医者にかかっても子種ができねえ夫婦が、赤の他人の女に夫の精子から妊娠させたり、また人工授精にしたってやたらと流行《はや》ってるそうじゃないですか。そして、どう細工をしたって子のできねえ夫婦は、他人の子供を金で買う。いったん赤ん坊を売った若い女の子が、やはり自分の子を取り戻したくなって、訴訟を起したって記事をおいらはちゃんと読んでますぜ。だからよう、そのアメリカの赤ん坊を売る連中は、きっとマフィアのようにきちんと計画を立てて、子供の欲しい夫婦を捜しちゃあボロ儲けをしてると思いますぜ。それがよう、こんなキリスト像を頼りに、赤ん坊捜しにくる夫妻がほんとにいると兄貴は思ってるのですかい?」

「いやさ」

と、ミゲル・ピネイロスもさすがに渋い顔をして、一味の下っ端に言った。いつも口達者なだけでろくなことはしゃべらぬファビスの言葉の中に、さすがに一理を感じたからである。

「だがおめえ、リオを訪れる外国人は、一度は必ずこのキリスト像を見にくる。ほかでうろついてるよりは、まだしもそういう連中にぶつかる可能性は多いだろうよ」

「でも兄貴」

と、さっきの滅法怒りっぽいアメリカ人や、耳がわるいうえにアフリカの言語みたいに難解な南部の英語を話す老人のため、いい加減頭にきていたファビス・カルドーゾは、珍しく十何歳も年上のピネイロスに反抗するような口を利いた。

「おいらが思うに、ここで待っていちゃあ、カモがひっかかるまで、まず一世紀はかかりますぜ」

「なんだと？」

と、これも一本気のミゲル・ピネイロスは目玉を三角にして問い返した。

「一世紀だと？」

「いや、兄貴」

と、ファビスはその見幕に怖《おそ》れをなして、すぐにおとなしく言い直した。

「兄貴の考えてるように、きっと半世紀のうちには二、三人、いいカモが見つかると思いますよ」

ファビス・カルドーゾたちの親分、ジョゼ・バストスはでっぷりと肥《ふと》った、なかんずく腹が胸部の二倍もでっぱった、黒い濃い口髭《くちひげ》を生やした六十歳ほどの男だった。

　ここはキリスト像のある山の展望台から真下に見おろした箇所にゴシャゴシャと密集する貧民街。かつて映画『黒いオルフェ』に登場して有名になった地帯だ。観光客の夫人にファビスが説明したように、貧しくて得体の知れない連中が住んでおり、この場所に住む友人と一緒でないとうっかりはいりこめないブッソウな区域でもある。

　大体、途中までバスは行くが、その上方は歩くより仕方がない。水道はなく、井戸が三カ所。井戸から遠い家では何十分もかかって水を汲《く》みに行かねばならない。電気もほとんどきていない。しかし、ここの住民たちは下の街から盗電したりして、たいていの家には電灯がついている。ちゃんと電話のある家まである。もっとも上の地帯が、ちゃちなものから大物までを含んだ泥棒や犯罪人が逃げこんでひそんでおり、警官もうっかり踏みこめない地域である。

　といって、この貧民街の住人がみんな危険な人物だというわけではない。ただ貧しいだけで、いざつきあってみると人情味に溢れた連中のほうがずっと多い。ただ盗電など法を犯しているので、警官に対しては憎悪と侮蔑感《ぶべつかん》を抱いている。犯罪者を求めて警官たちがやってくると、巧みに連絡しあって彼らを逃してやる。

ジョゼ・バストスの家は、リオの海浜地オットンパレスのはずれにあるが、最近はこの貧民街のボス、ジョアン・ロエーリョの家で打合せをすることが多い。ロエーリョはミュージシャンで、この辺りの人望家だ。かなり前から、金曜の夜十一時からビジナウという場所で、貧しい住民たちを集めてサンバをやるようにはからった。むろん夜を徹して朝までである。この特別に派手で原始的なサンバの集会が次第に評判になって、数年前からリオの金持族が高級車をつらねて見物にくるようになった。もちろん入場料を取る。子供たちは車の番をしていくらかの金を貰う。ジョアン・ロエーリョはこれらの収入を、もっとも貧しい人々にわけてやる。勢い人望を集め、ボスとして扱われるのも当然なことだ。この貧民街で金を落したりしたら以前は絶対に出てこなかったものだが、ロエーリョの指導により、今ではサンバ見物にきた客が財布を落しても出てくるようになった。

もっとも、ジョアン・ロエーリョが芯《しん》からの善人であるかどうかは疑わしい。兇状持だったというもっぱらの噂《うわさ》であった。それもむかしアマゾンでジュートの仲買人をやっていた頃、雇ったインディオと争いになり、三人を殺したか刺したかしたという。もちろんどこまでが本当の話かは不明である。ここの住人のほとんどは前身はよく分からないのだ。

ロエーリョの家は、ごく小さな家の多いこの地帯では目立って大きかった。十二畳くらいの応接間もあり、棚にはピンガからスコッチからバーボンから各種の酒が並んでいる。なにせ今では皆から頼られる身分なのだ。有名なリオのカーニバルには、町内ごとに出演するが、踊りがうまいという定評がないと出られない。この貧民街のチームが出場できるようになったのも、ミュージシャンとしてすぐれているロエーリョのおかげなのだ。

しかし、ジョゼ・バストスのような、かつてはもっとも汚くもっとも病気がよく染《うつ》る女郎屋の持主、今では赤ん坊を売りとばす商売をもくろんでいる男と親友として交際しているのだから、ロエーリョの内心は秘密の帳《とばり》に包まれている。実際、彼は家にいたと思うと、次の瞬間にはもう消えてしまう。いなくなったと思うと、また忽然《こつぜん》と現われる。とにかく行動も素早いのだ。ロエーリョというポルトガル語には兎《うさぎ》の意もある。

そのジョゼ・バストスの、エイマンシャ（海の女神）の像が飾ってある応接間に、ジョゼ・バストス親分は、ミゲル・ピネイロスら数人の子分を集めて、ふところから一通の手紙を取りだしていた。

「みんな、よく聞け」

と、怪しげな一味の親分は、それにふさわしいドスのきいた声で言った。

「カリフォルニアのマルセロ・サントスからまた手紙が来た。マルセロが、とうとうアメリカの赤ん坊売買グループと連絡をつけたのが一カ月前だった。今度の手紙で、ようやくそのグループのあらましが判明した。マルセロが今度接触したのは下っ端じゃねえ。なんとそのグループのボスなんだ。マルセロは馬鹿じゃあねえ。この手紙は信用してよいとおれは思ってる」

「どんな野郎なんで、そのボスってのは？　まさかマフィアが絡んでいるんではないでしょうなあ」

と、ミゲル・ピネイロスが尋ねた。

「ミゲル、お前はアメリカって言うと、なんでもマフィアだと考える大馬鹿だ。だけど、なんと、みんな驚ろくでねえぞ。そのボスってのは、女なんだ。しかもちょうど三十を越えたくれえの熟女で、かなりの美人だそうだ」

「そんな若い女がボス？　なんだかハリウッドの映画みてえだな。おそらくそいつは本物のボスじゃあありませんぜ。むろん背後に黒幕がひかえている。その美女は、その黒幕の情婦かも知れねえ。或《あ》るいは……」

と、ファビス・カルドーゾ。

「お前の言うことのほうがずっと映画そのままだよ」

と、親分のジョゼ・バストスは手を振って制した。

「その女はな、元はボランティアをしていた善良このうえない性格だったそうだ。老人ボケの爺さん婆さんの世話をしてな。ところが、ある家で、その老夫婦の息子が結婚してもう十年以上にもなるのに子宝が授からねえって聞いた。人工授精でも駄目で、どうしてもわが子が欲しい。アメリカには孤児院と同様、乳児院がいくらもある。だけど両親は死んじゃったり、或いは行方不明で捨ててった赤子が多いんだな。そもそも、みんなろくな家庭じゃあねえ。いくら赤ん坊がいたって、なにせ自分の子として育てるってからにゃあ、どうしたって選《え》り好みをすらあね。それに白人は黒人の子を貰いたがらねえ。おまけに、その夫婦が共稼ぎで赤子を捜す間もなかなかないって寸法だ。で、その女は親切にあちこちの乳児院を見まわって、やっとこれはという赤ん坊を見つけてやったんだ。実子にするとなると法律がややこしいから、片親の承認を得て養子にした。すると、どえらく喜ばれてな。まあ、その女にとっちゃあ途方もない金が転がりこんできたってわけよ。金って奴は人間を狂人にする。それ以来、その女は子供を欲しがってる夫婦に赤子を斡旋《あっせん》する商売に鞍《くら》がえしたんだ。だんだんと欲がつのって、やっぱり根は悪《わる》だったんだろうな、子分を次々とこしらえて、今じゃあそのボスになっているというわけだ」

「で、その女ボスは何てえ名前なんで？」

「本名は明かさねえ。かなりあこぎなことをやってるらしいからな。だが、子分たちはマダム・リサって呼んでるそうだ」

「そいで、その女ボスが今日、ここにやってくるってわけですかい？」

「そのとおりだ、多分、男の子分一人くれえは連れてくるだろう。マルセロの手紙には、アメリカじゃあなかなか実子、養子にしたいような子供が見つからねえから、その女は、赤ん坊なんぞごろた石くらいもいるこの広いブラジルに目をつけたんだな」

「でも、ここらはよそ者はなかなかはいってこれねえ場所だ。空港に迎えに行か

「阿呆《あほう》、そんなこたあ、もうちゃんとジョアン・ロエーリョに頼んであらあ。ジョアンはあれで顔役だから、大方誰か親しい友人を迎えにやらせているさ」

と、髭づらの、食用蛙よりも腹のでっぱった親分ジョゼ・バストスが言い終らないうちに、

「おおい、ジョゼ。お客がもう来なすったぞ」

という、大きな声が聞えてきた。今し方口にしたばかりのジョアン・ロエーリョの知人の声であろう。

「ひえっ」

と、小悪党のファビス・カルドーゾは、まるで莫大《ばくだい》なヤクでも取引きにきたマフィアがマシン・ガンをかまえて闖入《ちんにゅう》してきたかのような声を出した。

「もう来やがったか。親分、ぬかりはねえでしょうね」

「なにをオタオタしてやがるんだ。さあ、お前ら、玄関に迎えに行け。いいか、丁重に案内するんだぞ。マルセロの手紙だけじゃあ、相手が一体どのくらいの貫禄を持つ奴なのかとんと要領が摑《つか》めねえからな」

そこで、兄貴分のミゲル・ピネイロスといちばん下っ端のファビスが、恐る恐る玄関へ出て行った。この家はかなり大きいとはいえ、なにせ貧民街のものだから、玄関といっても貧相なモルタル造りである。しかし、その中には一応安物の絨毯《じゅうたん》が敷いてある。

ファビス・カルドーゾは、マダム・リサとかいう女ボスの顔を一目見てゾッとした。親分はかなりの美女だなぞと言ったが、なんだか妊娠した蝦蟇《がまがえる》のような面妖な顔をしている。ただその両の目だけが、ブルーに輝いて、妖《あや》しい魅力を湛《たた》えていた。それも単に美しいというより、冷たい爬虫類《はちゅうるい》の目つきである。

「へえ、へえ、どうぞこちらへ」

と、ファビスは日本人のように頭をペコペコ下げて、小さなかすれた声を出した。

「あらまあ」

と、その見るからに妖しげな中年女は、今度は怖《おぞ》けをふるうような容貌《ようぼう》とは裏腹の華やいだ声で言った。

「素敵なお住いじゃありませんこと。ここは貧民街と聞いてきましたが、とても感じのいいとこですね」

　言葉遣いも丁寧である。

　ただ、一緒についてきたまだ若い長身のあから顔の青年のほうは、いかにも一癖ありげな鋭い目つきをしていて、あちこちをジロジロと見つめ、ひとことも口を利かない。それが、チンピラのファビスには不気味であった。

「いや、ここいらでまともな家は、バストス親分のとこくらいでさあ」

と、ファビスは言って、この野郎が女ボスの用心棒だな、まさかガンは持ってはいまいが、ズボンのポケットにはきっと何かヤバイ物を隠しているに違いないと思った。

　アメリカ人の男女二人は、応接間に通されると、バストスに慇懃《いんぎん》に挨拶をした。もっともマダム・リサのほうはさながら醜い王女のように陽気にふるまったが、ジョン・マッカーシーと名乗った青年は、バストス親分にも「ナイス・ミーチュー」と無愛想に言っただけで、あとはブスリとも言わず、眉《まゆ》ひとつ動かさなかった。

　一方、マダム・リサは飾られてあるエイマンシャの濃く彩られた陶器の像を大仰に讃《ほ》めたたえた。

「ブラジルにはほんとに見事なものが沢山ございますね、バストスさん。あなたのお友達のサントスさんからいろんな話を聞きましたわ。サントスさんも素敵な方、あたしはもうマルセロって呼ぶほど親しくなりましたわ。アメリカも悪い国ではありません。でも、やはり南米は神秘に満ちた所ですわ。リオの魅力は街そのものです。このエイマンシャの顔も、ブラジルの奥深さそのものに見えますわ」

その口ぶりだけを聞いていると、まるでマダム・リサは由緒ある家の出身で、社交界の花形でもあるかのように感じられてくるのだった。

もともと売春婦の斡旋をやっていたバストス親分は、内心驚ろいたらしいが、さすがに如才なく、

「そう、えーとマダム・リサ。わし、英語ちっとしかしゃべれない。このファビスに通訳させる。……エイマンシャ、つまり海の女神信仰は、ずっと昔からあるが、だんだん盛んになった。今は大晦日の夜、ちょうど十二時に海辺、砂浜に信者だけでなく、見物人、外国人沢山集まって、それこそ大々的にやる。信者は白

い衣服を着け、太鼓を叩《たた》く。エイマンシャの祭壇には白い花を一杯飾る。いよいよ十二時、みんな海へはいってゆく。その顔、神聖、或いは憑《つ》かれたみたいね。ほとんどの人、恍惚《こうこつ》状態になって無我夢中になってしまう。それどころか、幾人も幾人も失神してしまうね。そういう変てこな状態になると、小柄な女でも凄《すご》い馬鹿力を出し、大の男が四人かかっても抑えられない。ほんとはエイマンシャ信仰、アフリカの黒人のもの、昔は山奥で人目を避けて、ただ水のある場所でひっそりとやったそうだが、今じゃ海辺で大々的に華やかにやる。一部の信者を除いては、まあショーあるね」

マダム・リサは大真面目に聞いていて、両手を大きくひろげてみせ、

「アメリカの古い伝統あるものも、昨今ではみんなショー化しておりますわ。これは世界の趨勢《すうせい》で、まあ仕方のないことです」

「そう、そのとおり。昔は黒人だけやっていたエイマンシャ信仰、今じゃブラジル人、それも有識者が多くやっている」

「それはこういうことですわ。つまり、物資文明に絶望した人、仕来りに飽きた人、より強い刺戟《しげき》を求める人たちが、そういう神秘的なものを求めるのです。ア

メリカなんかはその極で、もうこれ以上の刺戟は無くなったと言ってもよいでしょう。しかし、ブラジルにはまだまだいろんなものが残っているはずです。つまり、古さと新しさが入りまじっております。こんな素晴しい国に、なぜこれまであたしが来なかったか、不思議なくらいですわ」

「マダム・リサ、あなたは立派なインテリだ。ブラジル人、まだまだ開けていない。しかし、わしにもガクのある友人がいる。たとえば、ここらの顔役のジョアン・ロエーリョ。彼は素晴しいミュージシャンで人望家だ。ここではわしよりも沢山の子分いる。空港にあなたを迎えに行ってここに連れてきた男もジョアンの子分。そのジョアンがこう言った。エイマンシャを単に見物に行く人々も、それを見ること自体が信仰に参加することに通ずる、とね」

「おお、その人は哲人です。アメリカにもそれに似たことはまだ沢山あります」

「おお、セニョリータ・リサ。わしの親友を讃めてくれて嬉《うれ》しい。ブラジルを讃めてくれて嬉しい。わし、生を享《う》けたブラジルを愛している。あなたにはブラジルにできるだけ長くいて欲しい。お世話、何でもやってあげる。案内もする。海よりも広く深く青いアマゾン河。何、時間がない？　ないならイグアスの滝だけは見て行かれるがよい。あの凄《すさ》まじいどえらい水の奔流。いくらナイアガラが有名だと言って、イグアスが何と言ったって世界一の滝だ。いや、宇宙一だろう。あなた、南米にUFOが沢山来るとアメリカのテレビジョンによく出るそうだが、わしに言わせればあんなものはインチキだ。宇宙人が乗っとるって？　わしが思うに、宇宙人がどんなに地球人と異なっているにせよ、生物なんだから水を必要とするはずだ。もしそうなら、宇宙一の大景観であるイグアスの滝のそばに着陸するはずだ。わしがUFOの司令官ならそう命ずる。ところが、一向に……」

「ねえ、バストス親分」

と、さすがに堪りかねて、兄貴分のミゲル・ピネイロスが口をはさんだ。

「アメリカからのお客さんは急いでいるそうじゃないですか。それにお疲れでしょう。そんな余計なことをしゃべっていないで、早いとこ用件を片づけなさったらどうで？　ここは、アメリカ流にビジネスライクにやらにゃあ」

「なるほど、それは確かにそのとおりだ」

と、ジョゼ・バストスも太鼓腹をさすって頷いた。

「マダム・リサ。そして、えーと、セニョール・マッカーサー」

と、用心棒だとジョゼが思いこんでいる青年がむっつりと訂正した。

「マッカーシーだ」

「マッカーサーでもいいじゃないか」

と、ジョゼ・バストスは言った。

「マッカーサーといえば、日本をやっつけた将軍だろ。日本といやあ、ブラジルの日系人も勤勉だ。それに日本内地の大企業はどんどんブラジルに進出している。日本の奴はけしくりからんことに大金持だ。それにひきかえ、わが愛する母国ブラジルは貧乏だ。世界じゅうから金を借りてるっていうし、返す当てもないそうだ。これじゃ困るじゃないか、セニョール・マッカーサー？」

ファビス・カルドーゾは、このとき鋭い目つきのアメリカ青年が、身体《からだ》をよじって右手をズボンのポケットに入れようとするのを見た。アメリカといえばすぐマフィアということを連想する癖のファビスは、思わず上ずった声でこう言った。

「ねえ、兄貴。マルコスの奴は、今頃この辺りにもぐりこんでいるんではねえですかい。そら、こないだ大統領の暗殺を狙った奴でさ」

「なんだって？　大統領暗殺？　そりゃ一体何のこった？」

「いやだなあ、ミゲル兄貴。マルコスはロエーリョさんと関係ありで、親分ともむろんあれで、つまりおれたちにゃあそういう兇暴な悪党の兄弟分がいるってことを忘れちまったんですかい？」

ミゲル・ピネイロスはあっけにとられて、ファビスのくるくる回る金壺眼を見つめていたが、ようやく合点がいったらしく、苦笑をして言った。

「オッチョコチョイのファビスよ、やっと分かったよ。お前さん、このアメリカさんが悪《わる》かも知れねえと思って、おどかしていたわけか？」

「そうでさあ、兄貴」

「馬鹿、お前はずっとポルトガル語をしゃべっていたぞ。いくらハッタリを言ったって、この連中には分かりっこねえ」

「あれ、おいら初めっからポルトガル語を？」

「そうさ。あきれた間抜けだな。ほれ、親分だって目を三角にしていなさるぞ。それよりも、バストス親分、ファビスの野郎のことなんてほっといて、さっさと事務的なことを決めましょうや」

バストスは咳《せき》こんで、それからできるだけ落着いた声でおもむろに言った。

「よし、ファビス。きちんと通訳するんだぞ。えーと、遠来の客人たちよ、まずあなた方のお話をお聞きしましょうか」

そのときになって、それまで沈黙を守っていたアメリカ人の青年が言った。

「それより、大統領を暗殺する仲間がいるなんて法螺《ほら》話はやめて貰いたいな」

ファビスもミゲルも椅子《いす》から飛びあがらんばかりに驚愕《きょうがく》した。

「あんた、おいらたちの言葉が分かるのか？」

「大体分かる」

と、青年は表情ひとつ動かさずに答えた。

「おれはスペイン語ができる。ポルトガル語と似ているし、あんたらの仲間のマルセロからかなり習った。ブラジルで仕事をするからにゃあ、少しは言葉が分からんとな。それに、そこの若いの、あんたは何か誤解をしているらしいな。おれたちはまっとうな人間ばかりだ。それとも何かい、あんたらはヤバい連中なのかい？」

チンピラのファビスはもとより、少ししか英語の分からない兄貴のミゲルも動転し、身体は棒のようにしゃちほこばってしまった。

ようやくのことで、どもりどもりミゲルが下手糞《へたくそ》な英語で言った。

「おー、ノー。私たちみんな良い人間。あなたたちと同じ。おい、ファビス、通訳しろ。この若い男、いつも大げさな法螺を吹く。いつもいつも、とんでもない法螺を吹く性分。だけど、おれたちみんな善良でまっとうな人間。この男の言ったこと信じないでください」

「ふん」

と、アメリカ人の若者は言って、そのくせ苦笑ひとつ見せなかった。

「どうせそんなことだと思っていたよ。さあ、じゃ、こんだあ、まともにマダム・リサと話をしな」

話の内容はろくに分からなかったものの、世事にかけては万事に目ざとい、彼らのちゃちな親分ジョゼ・バストスは、一瞬何か険悪な空気が漂ったのを感じ、太鼓腹をゆすって大げさなジェスチャアをしてみせた。

「マダム・リサ、なにとぞお許しを。ここはどうも風通しがわるい。クーラーもない。確かに今日は蒸し暑い。わしの若い子分、何か失礼なことを言ったに違いない。彼まだ独身。ここのところ女にあぶれている。若い男、女と寝ないと頭に血がのぼる。彼、頭に血がのぼって変なこと言った……おい、ファビス、ちゃんと通訳しろ」

「だって親分、そんなこと通訳できますか」

「わしの言うとおりちゃんと訳せ。さもないと、わしたちこのアメリカ人どもにカモられるかも知れないのだぞ。そもそもだな……」

「親分」

ファビスは慌てて口を出し、目くばせをした。

「このアメリカ人、この国の言葉を知ってますぜ」

「なんだと?」

さすがのバストス親分も思わず目をパチクリさせた。

その間にも、ジョン・マッカーシーという青年は女ボスに何かささやいていた。おそらくファビスの口走った大法螺について冗談でも言っているらしい。そんなときにも、この青年は微笑ひとつ見せず、それがマフィア恐怖症のファビスにはいかにも不気味であった。

「ブラジルの方は、おおらかで面白いこと」

と、マダム・リサが口を開いた。

「それはとてもよいことです。なぜって、それでこそすぐ親友《アミーゴ》になれますからね。ではバストスさん、お互いに親友として、まずあたしの話を聞いてくださいませんか」

相変らず馬鹿丁寧な話し方である。

パトロンと称しているジョゼ・バストスのほうがむしろおどおどと言った。

「マダム、わしこそあなたの話をじっくり聞きたくて、へえ、最初からそう思っていたんでさあ」

「ありがとう、バストスさん。バストスさんにはもちろんお子さまはいらっしゃいますでしょうね」

「はあ、わしの女房はなかなか情熱的で、大体ラテン系の女は情熱的で、また黒人はそれはセクシー……あ、失礼、とにかくブラジルはなかなか情熱的な国でして。しかし、わしにはたった二人の子しかありません。二人とも男ですがどうやら一人前になりかけて、今バーの仕事を始めたところでさあ」

「あなたの人間味の温かさは、あなたのふっくらとしたお腹《なか》、そして立派なお髭からも察せられますわ。もちろんあなたが人情家だってことはあたしにはよく分かります。息子さんたちはさぞお可愛いでしょうね」

「へえ、マダム。こんなことを言うのは、わしとしてはちょっと子分の手前恥ずかしいんですが、やっぱりわが子ってなると可愛くてたまんないんでさあ。下の息子はちょっとやくざっぽくて、それが心配でねえ。いや、とんだ愚痴を言いまして」

「それなんです。この世の親っていうのは本当に子供を可愛がる、それが人間性というもので、自然の人情なんです」

マダム・リサは落着き払って話しつづけた。

「そうです、誰でも、どんな親ごさんでも子供は可愛くてたまらないもんです。それから、これが肝腎なことですが、結婚して子種が授からない夫婦ほど不幸なものはありません。中には子供なんか邪魔だっていう変ちくりんな人もいますけれど、本当に子供がいなくて、どうしても子供が欲しいって夫婦を、あたしはボランティア活動で随分と体験したものでした。ですから、おそらくミスター・マルセロ・サントスから連絡があったでしょうが、あたしはこういう仕事を始めているわけです。バストスさん、それはあなたにだって十分にはお分かりにならないと思います。あたしが会った子供のない夫婦が、どんなに自分の子供を欲しがることか。それは涙なくしては語れない物語です。ですから、あたしは孤児院と同じようにアメリカには捨てられた赤ちゃんの施設がございますから、そういうところからこれといった赤ちゃんを捜して、子供のない夫婦にお世話したことがございました。もちろんもっと大きな子供を求める夫婦もおられます。ですけれど、自分たちの子供として本当に愛情を注げるのは、まだ赤ん坊の時代から育てなければならないと、そう思ってらっしゃる夫婦がいっぱいいらっしゃるのです」

ジョゼ・バストス親分は重々しく頷いた。マダム・リサは話を続けた。

「本当にいろんな親ごさんがおられます。中にはゲイの夫婦が子供を求められる場合もあるんですよ」

バストス親分は目を見開いて、すっとんきょうな声をあげた。

「えっ、ゲイって、つまりホモのことですか」

「そう。今アメリカではホモって言葉は嫌われてましして、みなゲイって言いますけど、ゲイで正式に夫婦になっている人たちもかなりおります。これも州によって違いますし、いろいろと複雑ですけれど。そういうゲイの夫婦は、これはどうしたって赤ちゃんが生れるはずはございません。そして不思議なことに、そういう男同士が愛し合っている——夫婦と言ったらいいか連れ合いですね、それがやっぱり子供を欲しがるんです。母親のように子供を欲しがるんです。これはアメリカじゃなくて、ドイツ人のゲイ夫妻に、あたしはアメリカ人の四歳の子を養子として斡旋したこともございます」

バストス親分はますます目玉を丸くし、いや三角にして問い返した。

「ははあ、さすが先進国は優れていますな。わがブラジルも大国ですけれど、もちろんブラジルにだってホモはいまさあ。だけどそいつらが正式に夫婦になったってことは、あっしは……わしはまだ聞いたことがねえし、それが子供を欲しがるってことも聞いたことありませんな」

マダム・リサはその醜い顔にいとも妖しげな微笑《ほほえ》みを浮べて言った。

「そうなんです。本当に不思議なことだとあたしも思いました。とにかくゲイの夫婦でさえ子供を欲しがるんですから、普通の夫婦が、子供のできない夫婦が自分の子を欲しがるっていうのは、これは天の配剤、神の摂理でございます。本当にアメリカでも、それからあたしのグループが調べたところによりますとヨーロッパでも、そういう夫婦が今大変増えております。ただ困ったことに、そういう夫婦はやっぱり自分の子として育てたい、これこそは自分の子だというものを欲しがる。子供にしろ赤ん坊にしろ選り好みをいたします。例えば、これはちょっと言いにくいことですけれど、白人の夫婦は黒人の子をやっぱり貰いたがらない。それから、いろいろ麻薬の問題がございますね。ヤク中毒の母親から生れた子供は、これは一種の病気になります。そういう子が、多く幼児院に入れられてるんです。ですから、いざこの子を自分の子にしたいと思う親ごさんたちは、大変に厳しく子供或いは赤ん坊を選り好みいたします。それであたしは考えました。実際、これはアメリカ人の子のない夫婦から聞いた話なんです。中南米っていう国は広い。白人やいろんな人種がまざっている。人種がまざっているってことは優秀だ、そして美しい子が多い。バストスさん、これはお世辞じゃありませんけど、あたしはブラジルに来まして、本当にブラジル人の男はハンサムで女はエレガントだってことが分かりました。素晴しい国です、ブラジルは。何といっても国土は広い、そしていろんな資源は豊かだ。それであたしは、わざわざこうしてお願いにきたんです。アメリカには自分の子供のできない夫婦が子を求めてる方が沢山いらっしゃいます。なかんずく、赤ん坊の頃から自分の手に引取って育てたい。そういう方のほうがずっと多いんです。それであたしは、バストスさんにブラジルの優れた美しい赤ちゃんを捜していただいて、もしその親ごさんがその赤ちゃんを手放すと言うんでしたら、非常に有利な条件でこれをその夫婦に紹介し、それなりの報酬を差し上げたいと思っているんです……」

「いくらですって？　え、六百ドル？　マダム、今ねえ、ブラジルのちょっとした民芸品でも二百ドルはするんですよ。それを生きた可愛い赤ん坊を六百ドルたあ、そいつはちょっと……」

「もちろんそれは貧乏な夫婦の話ですわ。赤ちゃんを求めてる夫婦だって、お金持から貧乏人までおります。もし金持の夫婦だったら、それはどのくらいあなたにお払いするか、これはあたしもちょっと見当はつきません」

バストス親分は舌なめずりをして言った。

「それで、わしらがその適当な赤ん坊を見つけたら、その夫婦はブラジルに来るって言うんですかい」

「ええ、あたしたちのプランではそのつもりです。なぜなら、そりゃ自分の子にする赤ちゃんを見ないで決める親なんてありっこありませんからね。ですから、このジョンが、その夫婦なり或いはもし御主人がお忙しかったら奥さんなりをブラジルに連れてまいると思います。そして、その赤ちゃんを見て気に入られて、もし話がまとまるんでしたら、そのときに金額を決めましょう」

「すると、わしらは赤ん坊をあげるっていう親を見つければいいだけですか」

「つまり、ブラジルの赤ちゃんを、アメリカ人が自分の子供にする場合、これは実子となると法律上でいろいろ問題がございます。まあ一番手っ取り早いのは養子ですね。これには親権者、つまり父親、母親の承諾書が必要です。これをあなた方に手配してもらいたいのです。何といってもここはブラジルです。ですから、ブラジルのお役所から証明書を出して貰わないことには正式な養子にはできないわけです。それから、赤ちゃんを飛行機で連れて帰る。赤ちゃんは飛行機代はただですけど、まあ少し齢をとった子供の場合は、これはその親と子供の写真のパスポートが要ります。そういうことをバストスさん、あなた方にやっていただきたいんですが。もちろん、それに要したお金は上乗せしてお払いするつもりでおります」

「お話は分かったが、それにはいろいろむずかしい点がある」

と、バストス親分はわざと顔をしかめて言った。

「どこがむずかしいんです?」

「そりゃ、誰かの子供なり赤ん坊なりをアメリカ人の養子にするってのは、まあ役所の仕事ですな。ここでいけば市長とか、もっと村に行けば村役場とかそういうあれなんで。ところでマダム・リサ、ブラジルって国はあなたはご存知かどうかよく知りませんが、何しろブラジルって国はわしの生れた国だけど堕落していますぜ。これは昔から役人、お巡り、みんな賄賂《わいろ》を取る。もちろんその親権者だかの書類を作る費用は安いもんでさあ。しかし、彼らはリベートを要求しますな。それからですな、例えばどこかの赤ちゃんをわしらが斡旋するとしても、ブラジルのお巡りって奴は、何でもかんでも人を犯罪者に仕立てて牢獄に入れるぞと脅かして、そして金をねだって、金さえ払えばそれでオーケーなんでさあ。だからですな、マダム・リサ、ここんところをようく覚えておいてくださいよ。ブラジルは賄賂の国だ。それこそ、どこからどこまでも賄賂の国だ。わしは自分の生れたブラジルの悪口を言いたくはねえが、とにかく金のかかる国だってことは頭の隅に入れておいてください」

マダム・リサは、またその醜い顔に面妖な笑みを浮べてゆったりと言った。

「バストスさん、あたしだって少しは世間のことを知ってる年齢ですよ。あたしがわざわざブラジルまで来てあなたとこうやって交渉するのも、ブラジルのことを全然知らないと思って貰っては困りますわ。もちろんこのマッカーシーだって、あなたの子分のサントスさんとブラジルのことをいろいろ話してましたけれど、そのほかにあたしにはブラジルにはかなりの友人がおります。ですから、あたしはブラジルの事情もかなり知っているからこそ、ブラジルに赤ちゃんを求めにきたんです！」

そう言ったときのマダム・リサの口調は、今までの淑《しと》やかで穏やかな口調とはガラリと変って、まるでそれこそマフィアの情婦のような妖しげな気迫がこもっていた。

バストス親分はおろおろと言った。

「セニョリータ・リサ、わしはあなたのことをちっとも甘くは考えておりませんよ。あなたがいらっしゃって、わしは一目見てあなたは、これはただ者ならない偉物《えらぶつ》だと見抜いたんでさあ。そこはわしのまあ人柄というか人格というか、何て言いますかなあ、それでこそわしには子分も集まってくるんでさあ。あなたのおっしゃることはよく分かります。アメリカの事情もブラジルの事情も、お互いにこれでよく分かったと思います。だからですな、マダム・リサ、わしたちはあなたのために、つまりですな、つまりあなたの家来になってもいいから、アメリカ人あるいはヨーロッパ人のために、ブラジル人の赤ん坊を集めましょう。そのかわり、その親ごさんに払う代金、それからその親権者とやらの書類ですな、このブラジルの役人って奴は、マダム・リサはブラジルのことはご存知とおっしゃったけど、いざブラジルに滞在してみないとわしは思いますな。何しろ一つの書類を作る、これは本当にはした金で済む。何クルゼーロで済む。ところが本当は何十クルゼーロあるいは百クルゼーロなんて金を、彼らはわしたちしがねえ庶民から巻き上げるんですからなあ。また、あなたはUSドルで支払うとサントスの手紙にありましたが、この闇ドルをかえるにしろお巡りの野郎が目を光らしてまして ね、それもブラジルのためじゃねえ、ただおめえは不正な行為をした、だからい くらいくら払え、払わなきゃ牢屋に入れるぞって、こうなんですぜ。ブラジルの お巡りってのは、またアメリカのお巡りとは違いますからな。ここはとんでもね え国なんでさあ。そこのとこをマダム・リサ、理解してくだせえよ」

「あたしゃそのくらいのことはちゃんと調べてきております。ですからバストス さん、お互いに打ち明けて、例えばこの赤ん坊なら八百ドル、この赤ん坊なら千 ドル、この赤ん坊なら二千ドル、その赤ちゃんを求める夫婦の資力或いはその赤 ちゃんの可愛らしさ、或いは素質、それによってざっくばらんに決めようじゃあ りませんか。それから、養子、中には実子を求める人もありますが、そういうブ ラジルの書類を整えるために、役人や或いはお巡りさんに支払う金、これはもち ろんあたしが支払います。これでどうです。お互いに儲かる商売じゃないですか。 それに、子供のない夫婦に子を与えてやるという、いかにも人道的な筋道じゃご ざいませんこと」

マダム・リサは艶然《えんぜん》と微笑んだ。バストス親分はただ首を上下に振ってしきりに頷いて、そしてなんだか哀れっぽい声で言った。

「マダム・リサ、あなたは素晴しいお方だ。人類に恩恵をもたらせるお方だ。そしてしがねえわしたちも少しは金になるし、あなたのグループも少しは金になる。あー、パルドン。もちろんマダムが慈善事業としてこの仕事をお始めになったことは、わしはよく承知していまさあ。だけどこの人生って奴はやっぱり金が絡みますな。金がなければあなたの人類愛も実らないし、わしの義俠心《ぎきょうしん》も実らない。そこんとこを両方で考えて書類を作りましょう。マダム・リサ、あなたはわしよりも頭が切れる。そしてインテリだ。だから書類はあなたが作ってください。そして、わしがサインをしましょう。できる限りわしはわしのチンピラどもを動員して、あなた方が求めるブラジルの可愛い、賢い、それこそ子供のない夫婦が本当に欲しがるような赤ん坊を集めますからね」

そう言って、バストス親分は深い深いため息を吐《つ》いた。正直に言って、彼は疲れ切っていたのである。このマダム・リサという女が果してどういう性格なのか、そのグループがどんな目論見《もくろみ》を持っているのか、まだはっきりとは摑めなかった。

しかし、彼女の話を聞くと、これは売春宿で女を斡旋するよりもうまい汁だとバストスは思ったのである。

「ところでマダム・リサ、今あなた様方が欲しがっている子供や赤ちゃんは何人ぐらいで？」

「だからさっきも申し上げたでしょう。子供や赤ん坊を欲しがる子供のない夫婦は、非常に自分の実子、これはちょっとむずかしいけど、まあ養子にします子供に選り好みをいたします。だから、あなたはたくさんの子供、できたら赤ちゃんを集めてください。多ければ多いほどいい。実を言えば、本当に自分の子供に欲しいと思う赤ん坊が現われたら、おれは五千ドルを払ってもいいという夫婦がいるのですよ、バストスさん」

バストス親分は、ほとんど吃るような口調で言った。

「へえ、マダム・リサ、分かりました。わしは全力を尽しましょう。あなたのヒューマニズムと、そしてブラジルの赤ちゃんと、そしていくらかの金のために」

アメリカ人たちが帰った後、バストス親分はいつの間にか友人のジョアン・ロエーリョと密談をこらしていた。

「ねえ、ジョアン、かくかくしかじかでわしたちはこれから赤ん坊を集める。そして、その両親なんかは親権者とかいったな、そいつがその赤ん坊を養子にする書類を整えなきゃならない。こいつはうまい商売だ。ジョアン、あんたはここの顔役だ、そして人望がある。あんたがマナウスで密輸でごっそり稼いでいることを知っている人はほとんどいない。だけどちゃちな密輸よりこいつはうめえ商売になるぜ。ジョアン、あんたは役所の役人にも、それからお巡りの野郎どもにも友人が沢山いる。そういう書類をうまく整えることを手伝ってくれないか」

人望あるミュージシャンであるが、しかし実は裏では密輸をやっているジョアン・ロエーリョは、鷹揚《おうよう》に頷いて答えた。

「もちろんだともジョゼ。おれはお前さんとはアミーゴだ。お前さんの役に立つと思うと、おれも嬉しいぜ。ところで、その赤ん坊を集めるのはどうやってやるんだ」

「まあ、おれには余り頭がいいとは思えないけど子分が幾人かいる。そいつらが何とか赤ん坊を集めるさ。幸いこの貧民街には食うや食わずの連中が沢山いる。しかもそういう奴に限って子沢山だ。中にはちょっと金をやれば赤ん坊を手放すって親もいると思うんだ」

「なるほどな、ジョゼ。お前さんもちょっとした悪党だが、だけど今のブラジルじゃ、ちょっと悪《わる》じゃねえとなかなか暮していけねえ。いいとも、お前さんの願いは引き受けた。赤ん坊のほうはお前さんたちでうまくやりねえ」

「それからな、ジョアン、何しろ赤ん坊を集めるだけじゃいけねえ。かなりの赤ん坊を集めねえと、そいつを養子にしたいという、つまり子のない夫婦だが、それが赤ん坊を気に入らなきゃその子は貰わねえ。だから、かなりの数の赤ん坊を手に入れなきゃならないけど、その赤ん坊たちをどこにどうしておいたらいいか、何かうめえ考えはないか」

ジョアン・ロエーリョはまたニヤリと笑って言った。

「そうだ、このリオから百三十キロほどのところにリオフラボウって町があるだろ。そこにエリオ・ペッソーアっていうおれの親しい医者がいる。かなりの医院を持っている。しかもうまいことに、そいつは産婦人科だ。おれがエリオに頼んでみよう」

バストス親分は膝《ひざ》を叩いて言った。

「さすがジョアンだ。あんたは本当に顔が広《ひれ》え。わしはあんたと友達でいることをこれほど幸せに思ったことはねえよ」

そして、この二人の小悪党は、それぞれ目と目を見合してかたく握手をした。

それからバストス親分の子分たちの活躍が始まった。と言って、まさか赤ん坊を物品のように盗むわけにはいかない。この貧民街の連中は横の連帯が強く、そんなことをすればすぐばれてしまう。

ファビス・カルドーゾはもっぱらマクンバに頼ることにした。

マクンバというのは、ブラジルで行われる一種の祈禱《きとう》あるいは呪術《じゅじゅつ》である。もとはアフリカの黒人奴隷が持ってきたもので、その根源はブードゥ教につながっている。マクンバの巫女《みこ》は主に婆さんだが、中には男もいる。マクンバは大変にブラジルで勢力を持っているから、例えばキリスト教の神父でもある程度これを知らぬと人々がついてこない。マクンバというのは、例えばある男、ある女を憎んでいる場合、マクンバの祈禱師、マクンデーロに頼んでその人間にマクンバをかけるのである。すると、病気になったり、ある場合は死んでしまう。これを防ぐには、より優秀なマクンデーロに頼んでその呪《のろ》いを解かなければならない。いろんな話が伝わっている。健康な婦人が突如として奇態な病気にかかって、医者に行っても治らない。マクンデーロに頼んで見てもらったところ、果して彼女を憎むマクンバをかけられていると言われた。それから、どこそこへ行けというお告げがあったので行ってみると、何とそこの石の下に自分の写真と髪の毛がはいっていた。日本大使館に勤める女性が、日本大使の夫人がマクンバをかけられて帰国できないということを聞きこんだ。彼女はサッと顔色を変えて、そのことを日本大使に告げた。日本大使はもちろんマクンバなんぞ信じないから、一笑にふした。するとその女性は、恐怖の余り大使館をやめてしまったという。マクンバとは、ざっとこのようにブラジル人に影響を与えるものである。

そこでファビス・カルドーゾは、これはと思う赤ん坊を産んだ、今は病気である女の家に行った。そして、彼女がマクンバをかけられているという出鱈目《でたらめ》な作り話をした。

純朴なクリスティーナはサッと顔色を変えた。

「カルドーゾさん、私もなんだかそんな気がしてきたの。私は貧乏だから、そういう立派なマクンデーロにお願いすることもできないし、それにこれといって知っているマクンデーロもいないの。あなたのご存知のその立派なマクンデーロに頼んで、私がどういうマクンバをかけられているか占ってみてちょうだい。いつか何とかしてそのお礼はきっとしますから」

小悪党のファビス・カルドーゾは胸を叩いて言った。

「いいともクリスティーナ。おいらがその立派なマクンデーロに頼んであげよう。結果は追って知らせる」

そして数日後、ファビス・カルドーゾはわざとあたふたとクリスティーナの粗末な家の戸口を叩いて中にはいった。

「クリスティーナ、大変だ。おいらが思ってたより事態は重大だ。あんたのこの前生れた赤ん坊は今いくつになる?」

「ああ、マルセロのことね。ちょうど一年になるわ」

「そうだ、マルセロ坊やだったな。ありゃ、お前さんと似て非常に綺麗な顔だちを持った可愛い赤ちゃんだ。もちろんあんたはマルセロが可愛くてたまんないだろう」

「もちろんよ、カルドーゾさん。何てっても、私、子供は三人いますけれど、赤ん坊ってのはいちばん可愛いわ。それに一歳っていうといろんなことをしだすし、ちょっと言葉みたいなものを話すようになるから、私、それこそ神さまと同じくらいにあの子を好きでしょうがないの」

「クリスティーナ、おいらはあんたにこんなことを言いたくねえが、そのマルセロ坊やのことなんだけどなあ、実はおいらの知っているその偉いマクンデーロが占ったところ、何とお前さんにかけられた呪いはとんでもないことなんだ。つまり、マルセロ坊やをあんたが手放さなきゃなんない。そうしない限りあんたの病気は治らないし、おそらく一年も経たないうちに死んでしまう」

「カルドーゾさん、それは一体本当のことですか。私、そんな悪いことしませんし、どうしてあんな天使のようなマルセロを手放すなんてことができましょう」

「クリスティーナ、落着いて聞きな。お前さんはまだ若い。また赤ちゃんは生れてくる。いいかい、マクンバってのは、あんたが知ってるように恐ろしい呪術だ。もしマルセロ坊やを手放すなら、相当の金があんたにはいる。もしあんたが手放さなければ、あんたは死んでしまって、上の子供たちもこれから一体どうやって暮すんだ。ここは心を悪魔にして考えなきゃいかんぞ。赤ん坊を手放せば、あんたにはかなりのお金がはいるから、あんたたち一家ももっと子供たちにうめえものを食わせられる。もしあんたがどうしても赤ん坊を手放さなければ、あんたは死んでしまうし、旦那さんだって困るし、何より子供たちがかわいそうじゃねえか」

クリスティーナは青ざめた顔でじっとうつむいていた。いくらマクンバを信じていても、自分の可愛い赤子をそう簡単に手放せるものではない。ようやくのことで、彼女はかすれた声で言った。

「カルドーゾさん、私はあなたを信じてますし、その偉いマクンデーロさんのお告げはおそらく正しいかも知れません。でも、マルセロを手放せっていうのはいくらなんでも無理なこと。私、死んでもいいわ」

「だけどお前さん、旦那やほかの子供たちのこれからの運命を一体どう考えるんだ。ここは感情的にならないで、理性的に考えなきゃいけない。そのマクンデーロに支払う金もおいらが何とかするし、しかもかなりの金額がお前さんにはいるんだ。まあ、もちろんお前さんも気が動転しているだろう。また二、三日経ったら来るから、その間にゆっくりと考えときな。ねえクリスティーナ、そんなに泣いちゃいけない。おいらがついているからな。じゃ、本当に冷静に考えといてくれ。おれはあんたが好きだし、あんたのためを思ってこうやっていろいろやってるんだ。じゃ、またな。本当にゆっくり寝て、そしてゆっくり考えな。じゃ」

こうして一週間後、ファビス・カルドーゾはものの見事にクリスティーナの一歳になる赤ん坊を手に入れたのである。

こうやってファビス・カルドーゾがマクンバをタネにして少しずつ赤ん坊を集めている一方、その兄貴分のミゲル・ピネイロスのほうは、もともと女好きでもあったから、色仕掛けに出ていた。彼はこれと思う赤ん坊のいる人妻の家を訪れる。

「おう、セニョリータ・ラレーザ、相変らずあんたは美しいなあ」

「まあ、ピネイロスさん、あんたの口のうまさには私もいつも嫌になってんのよ」

「とんでもないラレーザ。あんたの肌の色は本当に月の光のようだし、あんたの黒い目は黒曜石の輝きのようだ。おれはあんたが好きでたまらない。今までそれを黙ってたのは、恥ずかしくてどうしても言い出せなかったんだ」

「ピネイロスさん、私ちょっと忙しいからもういいかげんに帰ってよ」

「まあ、そうつれなくしないでくれ。あんたの旦那はアマゾンに行ってもうかれこれ一カ月になったけど、便りはあるかい」

「それがねえ、あの人は金《きん》が出たからっていってアマゾンくんだりまでわざわざ出かけてったけど、ご存知のように金が出るっていえば何千人っていう人が行くんでしょう。そして掘立小屋を建てて金を漁《あさ》る。そこでまた、その金を狙う悪人どもが集まるっていうじゃないの。私本当のこと言うと、あの人のことが心配でたまらないの。実を言えば、手紙一本来ないのよ」

「セニョリータ・ラレーザ、おれはあんたの旦那さんも嫌いじゃねえ。だけど、こいつはやばいぜ。ああいう金が出たなんてところには、金を採ろうって連中よりも、まず日用品を売る悪賢い商人たちが集まる。もっと多くの悪党どもが集まる。もちろんみんなガンを持ってるよ、ドスを持ってるよ。そしてこいつは金を掘り当てたなんて奴は、まああの世行きのほうが多いんだ。うまく金を掘り当てて金儲けして、生きて帰ってきた人間のほうがはるかに少ねえんだ。よし、おれも男だ。あんたの旦那が無事でいることを神に祈るよ」

「ピネイロスさん、あなた案外優しいところもあるのね。じゃ、私と一緒にあの人のことを神に祈ってください」

「もちろん祈るとも。これから毎日、毎晩、あんたの旦那のことを神に祈ろう。だけどな、こんなことは言いたくないけど、あんたの旦那も、ありゃちょっと何て言うか、スケべって言うか女好きの男だぜ。おれが思うに、あんたの旦那は金を掘るよりほかの目当てでアマゾンに行ったんじゃないか。つまりだな、金採りの連中のほかに悪徳商人、金を狙うギャングども、そのほかに、そういう男たちの売春婦どもが黒山のように集まるんだよ、ああいうところには。おれが思うに、あんたの旦那はあんたのことなんか忘れちゃって、どっかの女とねんごろになってるぜ。これはおれのカンだけど、まず間違いはねえ」

「確かにあの人は少し女好きです。私もこれまで随分あの人の浮気には苦しみました。だけど、私にとってはあの人は大事な人なのよ」

「そりゃ、あんたがマリア様のように美しい心を持っているからだ。だけど、あんたの旦那はその逆の性格だからなあ。今頃一体何人の女といちゃついているか、分かったもんじゃねえ。おれはこれ、神かけてあんたに言うよ。お前さん、あんただってずっと一人で寂しいだろう。そしておれはあんたに惚《ほ》れてんだ。ねえ、ラレーザ、本当におれはあんたに惚れてる。どうだい、今夜あたり二人でベッドをともにするってのは。だってあんただって悔しいだろう。あんたの旦那がほかの女といちゃついてるのに、美しいあんたがたった一人で子供を育て、苦労してるってのは、これはどう考えても不公平ってもんだ。ラレーザ、ほら、おれはこうやってあんたの前にひざまずく、一度でいいからあんたの蜜《みつ》のような唇を吸いたい」

「ピネイロスさん、やめて。あなたのお気持は分かります。だけど私……」

「ラレーザ、おいらはもう堪らねえんだ。だってあんたは女神のように美しいんだぜ。自分の美しさ、そしてあんたの純な心、それに引きかえあんたの旦那はそれこそひでえ奴だ。おれだって、そんなにいい人間だとは自分のことを思ってねえ。だけど、あんたを慕い恋する気持だけは、神かけてブラジルじゅうで一番だと断言していいぜ」

こんなふうにミゲル・ピネイロスはあちこちの小さな子供、赤ん坊を持った人妻たちを口説いて回り、成功してねんごろになり、まあ恋人といっていい状態になることもかなりあった。何しろ、彼は口がうまいことにかけては弟分のファビスよりも上手だったからである。しかもブラジル人は何といってもラテン民族で陽気な民族。浮気、恋、それはどの人種よりも大っぴらに行われる国である。ミゲル・ピネイロスはこうやって人妻たちと次々とベッドをともにし、いつしか彼女たちが自分に愛情を向けてくると、言葉巧みに、

「お前さんの家はこれからどうやって暮すんだい。ちょっといい話があるんだが、お前さんのその赤ん坊を手放さないかい。そうすると、相当の金がお前さんの手にはいるんだがなあ」

そう言って本当に、バストス親分と打合せた、彼女らにとっては途方もなく思われる金額を口にするのであった。もちろんこんな手段ではなかなか可愛い赤ん坊を手放す婦人とてなかったが、そこはブラジルという国、そしてリオの貧民街の話である。中には飢えに苦しんでいる者もいる。その莫大な金額につられて、ついいかさまの恋人となったピネイロスに首を縦に振って赤ん坊を手放す女たちもかなりいた。

バストス親分の子分たちがこうしてさまざまな手段で赤ん坊を獲得すると、バ

ストスの親友で、人望があり、実は密輸で稼いでいるこれまた怪しげな人物、ジョアン・ロエーリョの知り合いの医者、エリオ・ペッソーアの病院に運ばれて行った。そして、アメリカのマダム・リサと連絡が取られ、子供を欲しいというアメリカ人の夫婦がブラジルにやってき、大抵はジョン・マッカーシーが同行したが、その赤ん坊の首実検をし、本当に可愛く子供に欲しいと思う赤ん坊に相当の大金を支払った。同時に、バストス親分はロエーリョと組んで、両親の、子供を手放し彼らの養子にするという親権者の承諾書を市役所から入手した。ブラジルの役人は袖の下に弱い。書類そのものはごく安い値段だが、裏金は払わなければならなかった。それから、中には噂を聞き込んでお巡りが聞き込みにくることもあった。だが、彼らも袖の下に弱い。バストスは役人やお巡りにかなりの金を支払った。しかし、それでも余りある金がマダム・リサからバストスの手元に送られたのである。一方、子供がなくて何とかして子供を持ちたいという親心はまた異常である。マダム・リサの手元にはもっともっと莫大な金が惜しげもなく払われたのである。

こうして、バストス親分たちもうまい汁をすすり、マダム・リサはもっと金を儲けて万事めでたく進んでいたように思われたが、歳月が流れた。ブラジルのインフレはますますひどくなる。インフレにつれて月給もスライドするが、とても追いつくものではない。リオの貧民街では本当に餓死寸前の者が続出するようになった。

ブラジル人たちは大らかな反面、乱暴でもある。例えば最近、リオの美しい海岸でサーフィンに興ずる金持のブラジル人、或いは世界各国の観光客をまねて、サーフボードなどとても買えない貧乏な家庭の子供たちがやり出した遊びにサブウェイ・サーフィンというものがある。これはリオ市の地下鉄の車両の上に乗って、サーフィンのまね事をするのである。中には転落して死ぬ子供もいるし、架線に触れて感電死する者もいる。しかし、その命がけの遊びを当局がいくら禁止しても、それをやる子供たちは後を絶たない。

そして、飢えた貧民街の人々は、泣く泣くわが子を捨てるようになった。街には浮浪児が溢れた。余り浮浪児が多すぎるようになったので、しかもその浮浪児たちは大半がスリか泥棒になるため、彼らを殺す連中が現われた。真偽のほどは定かではないが、警察がこれに協力したという噂まで流れた。子供を捨てるぐらいだから、生れた赤ん坊はやはり続々と捨てられた。かつてファビスやミゲルがマクンバや或いは女心を誘う甘言を弄して苦労した赤ん坊は、今やぞろぞろとバストス親分の手にはいるようになった。

初め、赤ん坊が捨てられる事件が増えるにつれて、バストスはもちろん喜んだ。ロハで赤ん坊が手にはいるからである。ところがその赤ん坊の数が続々と増えてきた。そして、今やバストスの友人ジョアン・ロエーリョの知っている産婦人科医、エリオ・ペッソーアのちょっとした医院、その一番大きな病室には何と七、八十人もの赤ん坊がギュウ詰めにされることになった。看護婦の手も足りない。赤ん坊たちはギャーギャーと泣きわめいた。その七、八十、時には百人を超える赤ん坊の泣き声はどうしても近隣四方に響き渡る。

実は、このエリオ・ペッソーア医師のところには以前から正体の知れない赤ん坊が集まるということを聞いて、お巡りが調査にきたことがある。しかし、ブラジルのお巡りはちょっと袖の下を握らせればニッコリ笑って消えてしまう。だが、何しろ百人近い赤ん坊の大群の泣き声は近隣に響き渡り、近所の評判となり、田舎の警察ではなくサンパウロ、それからリオの本部にも伝えられていった。そしてある日、警官の一隊がペッソーア医師の医院に乗り込んだ。いくら賄賂に弱くても、首都の警察当局のお偉方から命ぜられた刑事たちは、たちまちペッソーアを取り調べ、それからバストス親分、その哀れなファビス・カルドーゾ、ミゲル・ピネイロスたちの子分の組織を探知し、かくして一時は隆盛を誇ったリオの赤ん坊泥棒の一味は、残らず牢屋に入れられる結果となったのである。

あとがき

「にっぽん丸殺人事件」は、ある旅行社の雑誌にその船で何か推理小説を書けば妻と二人でロハで乗船できるというので、東京からサハリンへのクルージングに乗せて貰ったときに書いた。

小説には挿絵でなく写真を使うというので、カメラマンも同船した。そのカメラマンは小説ができたらまた乗船してそれに応じた写真を撮るという。そんな面倒はさせたくないので、私は出港したその夜の夕食までに荒筋を考え、彼に伝えた。そして毎日書きつぎ、サハリンに着くまでには書き終えてしまった。写真が複雑にならぬよう、推理小説と言っても名前だけのものである。

最初にチェーン・スモーカーの北杜夫氏が、夕食のあとやたらと煙草をふかすシーンがある。かつて『どくとるマンボウ航海記』の中で、パリにはいろんな変てこな人間がいるので、「煙草を鼻から吸おうが耳から吸おうが、ボーシを足にはこうが誰も驚ろかない」と記した。それを真似するつもりで、煙草を鼻の孔《あな》や耳にさしてみたが、とても吸えるものではない。とにかく口に何本も煙草をくわえて火をつけたのを覚えている。

この小説の中で事実と異なるのは、日本船ではカジノで儲けてもキャッシュは貰えない。船によって点数がたまれば景品が貰えるくらいのものである。外国船のごとくするには法律の改正が必要とのことであった。

「にっぽん丸」は往《ゆ》きに北海道の小樽に寄り、サハリンからの帰りには釧路《くしろ》に寄った。そしてバス・ツアーで昭和新山に行った。

私は昔からソウ病になると、飛行機の中で黒メガネをかけドイツのルフトハンザのクルーだと言ってスチュワーデスをからかう癖がある。このとき、私は久方ぶりにそのイタズラを企んだ。

バスのガイド嬢に、

「私はロシア人なのです。日本のバスは実に立派ですばらしい。ロシアではドイツとの戦争時代にアメリカから貰ったバスを田舎では未だに使っているのです」

云々《うんぬん》と話した。

そしてハッと気づくと、黒メガネもかけていなければ、ちゃんとした日本語もしゃべっている。それで慌てて、

「私は父がロシア人、母が日本人なのです。ロシアで生れモスクワで医科大学を卒業しましたが、慶応病院に四年間留学をしました。その後も学会があると日本に来ている。それでこのくらい日本語がしゃべれるのです。サハリンからロシアの楽隊がにっぽん丸に乗りこんだでしょう？　このたびは私は医者としてではなく、通訳として同行しているわけです」

すると、ガイド嬢は完全にだまされた様子であった。目的地で、彼女がバスの運転手に私を指して何か言っている。あの男はロシア人ですと言っているのだな、と私は得意になった。

昭和新山から釧路までの帰りは、ガイド嬢ももう説明することもなく、乗客は大半眠りこんでいる様子だった。バスは広い平原を走っている。ところが私は昭和新山でビールを飲んだのでオシッコがしたくなった。釧路まではまだ遠そうだ。

そこで私は運転手さんに、

「小用がしたいので、ちょっとバスを止めてくれませんか」

と頼んだ。

バスは畠《はたけ》どころか単なる平原を走っていたから、私が日本人なら運転手は当然バスを止めてくれたであろう。ところが彼は私をロシア人だと思いこんでいるから、外国人には立小便などさせてはならぬと思ったのであろう、

「もう少しでガソリンスタンドに着きますから、ちょっと待ってください」

と、なお走りつづける。

私はもう洩らしそうで必死であった。ようやくそこに着くと、運転手はガイド嬢を呼んで私につけてきた。外国人には親切にしなくてはと思ったのであろう。しかし、そのスタンドにはトイレがなかった。ガイド嬢がいなければそこらで立小便をしたかったが、そうも行かぬ。彼女は近くの店に私を連れて行った。そこにもトイレがない。私は彼女に、「ちょっと向こうへ行ってください」と言い、その辺の草むらでオシッコをした。そのあと、彼女は親切に私をバスまで連れて帰ってくれた。あんな情けない目に遭ったこともなかった。

「梅干し殺人事件」はひょいと題名だけが浮かんだ。そのあとでっちあげたもの

である。

「赤ん坊泥棒」はブラジルで赤子売買の病院が捕まったとの新聞の記事を読み、かつてリオで訪れた無法地帯のことなどをまぜてこれまたでっちあげた。

もう二年前から、私は腰痛がひどくなり、しがない雑文も一、二枚書くともう痛くて寝室でしばらく休まないとあとが続けられない。

もう仕事は無理なので、自分の昔の作品を読み返してみた。残せるものと思うのはわずか三割ほどしかない。

老残のせいか、昔は何げなく書いたと思われる文章が妙に身に沁みた。たとえば『楡家の人びと』の中の、子供たちの箱根の夏休みが終りに近づく箇所である。

少しを抜いてみる。

……だが、いつかは、結局は、終りの日が近づいてくる。長い祝祭であったはずの夏休みも、ひとときの大文字の火がはかなく消え去るように、いつの間にか数えるほどの日数になっている。そういえば、ひぐらしの数もずいぶん減った。最盛期には往々日ざかりにまで降るようであったその声も、今では夕暮、あちらの林、むこうの山かげで、何匹と数えられる数が鳴きかわすだけだ。夜の訪れと共にぽっかりと浮きだす月見草の花も減った。雑草のたたずまいにもすでに秋の気配がし、歩いてゆくと若い黒い蟋蟀《こおろぎ》が幾つもとびだしてくる。家の中までなんとなくうらぶれてしまったようだ。廊下の隅《すみ》の箱のなかには、聡や周二があつめた蜻蛉や蟬《せみ》のなきがらが、すっかり乾《ひ》からびて、足がもげ翅《はね》がやぶれて放置されている。黄褐色の湯が絶えることなく竹の筒から流れおちてくる湯殿も、湿って、妙にがらんとして、黄色く変色した手拭《てぬぐい》だけが徒《いたず》らに幾つも釘にかかっている。

著者

平成十四年十二月

〈解説〉「にっぽん丸」の外で起きた大事件!?

齋藤喜美子
（北杜夫氏夫人）

本書に収められている中編「にっぽん丸殺人事件」は、主人が一九九二年七月に行った、北海道・サハリンをめぐるクルーズ船「にっぽん丸」での船上取材をもとに書いたものです。当時のエッセイによると、主人は旅行雑誌の編集長から、紀行文ではなく、小説を書いてほしいと依頼を受けたそうです。その直前の六月には、テレビの取材で、トーマス・マンやグリム童話の故郷を訪ねるというので、私も一緒に、一週間ほど、ドイツ北部のリューベックやハンブルクといった町を訪ねていました。

ちょうどこの頃は、旅行業界でも、クルージングを盛りあげようという動きがあったようで、主人の船旅に同行する機会が多かったのです。船旅は夫婦で利用する場合が多いので、お二人でどうぞと、よく取材や講演のお誘いをいただきました。

この旅の翌年にも、阿川弘之さんが講演を頼まれて乗船することになった「フロンティア・スピリット」号に同行させていただきました。どちらかというと探検船で、かつての太平洋戦争の激戦地だったガダルカナル島があるソロモン諸島も含め、メラネシアの島々を周遊しました。

「ソング・オブ・フラワー」号で、上海までの航海にも同行しました。この時は主人が講演を頼まれていたのですけれど。また、初代の「飛鳥」号にも家族で乗り、横浜で花火を見てから出港し、岩手県の大船渡まで行ったことがあります。当時は、たまたま立て続けに客船に乗っていたので、どの船の思い出なのか、ちょっと記憶があいまいになっているのもあるのですが(笑)。

クルージングには持参するものが多く、時には二人でスーツケースが四つになったりします。主人は何にもしませんから荷造りが大変でした(笑)。タキシードも嫌いで、ひとりでは着られないので着付けもして。「にっぽん丸」では幸いタキシードを着る必要がなかったのですけれど。

「にっぽん丸」は三代目が一九九〇年に就航したばかりでしたが、特に船のことを書くとか、そういう依頼はあまりなかったのではないでしょうか。主人の作品を読んでも、船旅を楽しんでいるというふうではありませんね（笑）。クルージングがお好きな方は、もっと船内の細かい様子を書かれるんでしょうけれど（笑）。でも、どういう小説を書こうかというアイディアはいろいろ考えていたんじゃないでしょうか。この旅のことを書いた別のエッセイでは、ダイニング・ルームが禁煙で煙草が喫えなかったので、頭にきてユーモア・ミステリーを思いついたと書いています。小説の中の「北杜夫氏」と同じですね（笑）。執筆が一段落したら、雑誌の挿絵代わりの写真用に、小説の中の煙草を喫う場面をカメラマンに撮影して頂いておりました。

東京から出航した時は、旅行雑誌の編集長も一緒でしたが、小樽に立ち寄ったときに、編集長はご多忙で東京にお帰りになりました。それからあとは、カメラマンと私たち夫婦の三人での旅になりました。その時、小樽の寿司《すし》屋の「事件」が起こりました。

一時下船して、カメラマンを慰労するために小樽市内の寿司屋で食事をした時、寿司屋の店員の対応があまりにもひどかったので、主人が怒って、旅行後すぐに、「週刊小説」（小社刊・現「月刊ジェイ・ノベル」）に「世界一無礼な寿司屋」というタイトルでエッセイを書いてしまいました（『マンボウ酔族館Ⅳ』〈小社刊〉収録）。これが新聞でも取り上げられて、各方面で賛否両論の反響がありました。関係者の方には大変ご迷惑をおかけしてしまいました。でも、当時、確かに小樽の寿司屋の評判は悪くて、共感していただいた意見も多かったので、それを機に、小樽の店の対応もだいぶよくなったとか聞きましたが……。

小樽は大きい街で、車窓からでしたけれど、運河沿いの倉庫群もきれいでした。ガラス工芸なども私は好きなのですが、主人は全然興味がないので、結局行けませんでした（笑）。

それから、「にっぽん丸」はサハリンのコルサコフ港に向かいましたが、私はロシアははじめてでした。ソビエト連邦だった時は、空港での乗り換えとか……トランジットですか、立ち寄ったことはありましたけれど、観光をしたことはありませんでした。

ちょうどこの年にソ連からロシア連邦に国名が変わり、サハリンに自由に行き来ができるようになったばかりでした。戦前、樺太《からふと》と呼ばれて、日本人も多く住んでいましたし、この船には、当時を懐かしんで、もう一度戻ってみたくて参加なさった方もけっこういらっしゃったのではないでしょうか。皆さんだいぶ高齢になられていました。そういう方達が多く参加していらしたと思います。

サハリンでは、チャーターしたバスで観光しましたが、当時はまだロシアも財政難で、道路がそんなに舗装《ほそう》されていなくて、車窓から見える民家とかもちょっとうらぶれた感じでした。今はそんなことはないでしょうけれど。昆虫の標本がある博物館を見学したり、歓迎会があって、現地の方と通訳を介して話をしたりはしました。主人はどちらかというと、観光にはあまり興味がないので、それほど熱心ではありませんでしたね。昆虫の博物館はかなり熱心に見ていましたが。

小説は最初の三日目までに二回分を書いてしまい、することもなくなってきたので、船内の小さなカジノでルーレットとかブラックジャックをやっていました。ただし、日本の船ですから、千円分のチップ代わりの紙札をもらって、ちょっとしたゲーム感覚で参加していました。賭《か》け事となると、主人は熱くなるのですが、この時は純粋にゲームを遊びで楽しむ程度で……勝っても喜んで終わり（笑）。

とはいえ、大したお金ではないのですけれど、主人は毎日のように行ってスッたみたいです。

主人と私のどちらが船内のギャンブルに強かったかといえば、私は小さく堅実にやるから勝つのです(笑)。主人は前後の見境なく大きく賭けて負けてしまうのですが。それにしても、カジノというのは得しないようにできているのですね。やはり胴元が強くて。

あとは、北海道の東を回って摩周湖に行ったり、硫黄山とか釧路湿原をめぐりました。それほど印象には残っていなくてもうしわけないのですが(笑)。摩周湖は霧で見られなかったのですが、湖の辺りの霧は、それは見事に変化して興味深いものでした。主人はソウ期だったこともあって、同行していた、民謡を歌うロシア人の一団の通訳のふりをして、日本人のバスガイドに下手な日本語で話しかけて遊んでいたみたいですけれど。主人はしょっちゅうドイツ人のふりをしたりロシア人のふりをしたくなるのです。でも、たいてい途中でばれちゃうんです。バスの中程度だったらいいのですけど、飛行機とかで、外国人の真似《まね》をして疑われたら大変なことになりますね。

ただ、この「にっぽん丸」の旅はそんなに変わったことはなかったのです。主人とはほかに変化の多い旅をしているので（笑）。前に話した阿川さんと行った「フロンティア・スピリット」号とかでは、尽きることがないくらい話の種があるのです。船にもプールはありましたけれど、島の周りが珊瑚礁《さんごしょう》の海でシュノーケリングばかりしていました。ある島（キリワナ島）では、現地の部族の人が、ふざけて長い槍《やり》を持って威嚇するような仕草をして、旅行客を脅かしたりするセレモニーがあったり、ゴムボートで遭難しかかったり、今思い返せば面白いクルーズでした。主人との船旅では、あれが一番強烈に記憶に残った旅でしたね。

主人は、旅行がとても好きだというイメージがありますけれど、実はまったく違って、仕事でない限り、自分から出かけようとすることはあまりありませんでした。出かけるのはもっぱら仕事がらみでした。主人の晩年には、娘の由香が、子どもの頃全然旅行に連れて行ってもらえなかったので、それを取り戻そうとして、ひんぱんに主人や私を連れ出して、家族旅行をするようになったのですけれど、それはこの数年あとになるでしょうか。

（構成・編集部）

二〇〇三年一月　青春出版社刊

実業之日本社文庫　最新刊

碧野 圭
全部抱きしめて
ダブル不倫の果てに離婚した女の前に7歳年下の元恋人が現れて……。大ヒット『書店ガール』の著者が放つ新境地。〝究極の〟不倫小説！（解説・小手鞠るい）
あ54

北 杜夫
マンボウ最後の名推理
マンボウ探偵、迷宮を泳ぐ――北氏が豪華客船で起きた殺人事件の解明に挑むが、周囲は大混乱に……爆笑ユーモア小説、待望の文庫化！（解説・齋藤喜美子）
き23

堂場瞬一
20 堂場瞬一スポーツ小説コレクション
ルーキーが相手打線を無安打無得点に抑え、迎えた9回表に投じる20球。快挙達成なるか!? 堂場野球小説の最高傑作、渾身の書き下ろし！

と19

鳥羽 亮
怨み河岸　剣客旗本奮闘記
浜町河岸で起こった殺しの背後に黒幕が!? 非役の旗本・青井市之介の正義の剣が冴えわたる、絶好調時代書き下ろしシリーズ第5弾！
と25

原田マハ
星がひとつほしいとの祈り
時代がどんな暗雲におおわれようとも、あなたという星は輝きつづける――注目の著者が静かな筆致で女性たちの人生を描く、感動の7話。（解説・藤田香織）
は41

東川篤哉
放課後はミステリーとともに
鯉ケ窪学園の放課後は謎の事件でいっぱい。探偵部副部長・霧ケ峰涼のギャグは冴えるが推理は五里霧中。果たして謎を解くのは誰？（解説・三島政幸）
ひ41

原田マハ／日明恩／森谷明子／山本幸久／吉永南央／伊坂幸太郎
エール！ 3
新幹線の清掃スタッフ、ベビーシッター、運送会社の美術輸送班……人気作家競演のお仕事小説集第3弾。書評家・大矢博子責任編集。
ん13

実業之日本社文庫 き23

マンボウ最後《さいご》の名推理《めいすいり》

2013年10月15日　初版第一刷発行

著　者　北《きた》　杜夫《もりお》

発行者　村山秀夫
発行所　株式会社実業之日本社
〒104-8233　東京都中央区京橋 3-7-5 京橋スクエア
電話 [編集]03(3562)2051 [販売]03(3535)4441
ホームページ http://www.j-n.co.jp/
印刷所　大日本印刷株式会社
製本所　株式会社ブックアート

フォーマットデザイン　鈴木正道(Suzuki Design)

ISBN978-4-408-55142-5（文芸）